Opal
オパール文庫

結婚しよって言ったよね？幼なじみ御曹司が私を一生溺愛する気です！

桜 しんり

プランタン出版

※本作品の内容はすべてフィクションです。

プロローグ

気付くと、豪奢な宮殿の大広間に立っていた。

何やら盛大なパーティーが催され、ドレスやコートで着飾った紳士淑女が溢れていて、円香《まどか》は気後れしてしまう。

——ああ……これは夢だ。

すぐにそうわかったのは、広間全体が、漫画みたいにキラキラと大袈裟に輝いていたからだ。

——はぁあ……。

——今はこんなファンタジーな夢を楽しむ元気なんてないし、帰りたい……。

出口を探して、会場を見渡した時。

人混みの向こうがざわめき、魔法のように人の波が割れて——小さな男の子が現れた。

白くて神々しくて、まるで天使だ。

懐かしい気がするのに、振り向いた顔はぼやけて、よく見えない。

でも――。

『円香ちゃん!!』

声でわかった。

大好きだった幼馴染みの男の子――雪斗《ゆきと》が、弾ける笑顔で駆け寄ってくる。

――ユキくん？　なんで？

――ああ……最近は辛いこと続きで、ユキくんのことばっか思い出してたせいかな……。

でも懐しの彼は、一歩ごとにすくすく、にょきにょきと背が伸び、愛らしい面立ちは凛々しく成長して、眩《まばゆ》いほど輝きはじめた。

発光していて、顔はやっぱりよく見えない。

でも、とんでもない色男に成長したらしいとわかった。

だって周囲の女性たちが、『きゃーっ』『何よあの女!?』『九条《くじょう》くんは私のなのに！』なんて黄色い悲鳴を上げている。

『円香ちゃん……っ！　やっと会えた！』

抱きつかれて、大勢の人が見ている中で、頬にぶちゅっとキスをされた。

『なっ、なっ、何するの!?』

『いっぱい待たせちゃってごめんね！　じゃっ、結婚しよ！』

そう言われた瞬間、広間の壁が取り払われ、天井が吹き飛んで青空が広がった。

色取り取りのバルーンや花びらが舞い、草原いっぱいに丸テーブルが並んでいる。席に着いた客たちが、一斉にこちらを振り向いて拍手した。

『円香、結婚おめでとう！』

『おめでとう！　円香、幸せになれよ……！』

毎日アルコールに溺れている父は、今よりずっと若く、とびきりの笑顔で涙ぐんでいる。

兄はまだ中学生くらいで、亡くなったはずの祖父母も若々しい。

『円香ちゃん。今度は俺が、幸せにしてあげる番だから』

『きゃあぁあっ⁉』

耳元で熱っぽく囁かれたかと思うと、白いタキシードに身を包んだ雪斗が抱き上げてきた。

ウエディングドレスの裾がぶわっと広がって、招待客全員が立ち上がり、拍手が割れんばかりに大きくなる。

『ちょっと、何っ⁉　なんなの⁉　下ろして！　下ろしてよ‼　私結婚なんてしないよ⁉　もう恋愛も子供も、ぜーんぶ諦めたんだから！』

手脚をばたつかせ、あらん限りの力で叫んだが、何も変わらない。

どんなに幸せな光景でも、意思を無視されたらただの悪夢だ。

昔は細くて病弱だった雪斗は、円香を楽々と抱き上げたまま壇上に上がっていく。

『二度と俺のそばを離れないで。おいてかないで』

『はぁあ!?』

切ない顔で勝手なことを言い、こつんと額をあわせて、じわりじわりと唇を近付けてくる。

『二人ともおめでとう!』

『お幸せに!』

『おめでとう~!』

『待って、待ってっ!? 皆おかしいよ!? 突然結婚だの、無理矢理キスだの、全然おめでたくない! ただの犯罪だよ!?』

唇を避けようと必死に顔を逸らしているはずなのに、視界が全く動かない。

抵抗も虚しく、むにゅ、と唇を押し付けられた。

やけに生々しい感触に、ぞぞっと怖気立つ。

『ふふっ、これで一生一緒だね! じゃあ次は子作りしよっか!』

『や……やっ……やだぁああぁあっ! えっち! 変態ッ! あんた誰よ! ホンモノのユキくんは、もっとちっちゃくて可愛くて優しくて、絶っっ対に、こんなことしないんだから!!』

『大丈夫だよ、気持ちよくしてあげるから。朝までじっくり、愛しあおうね……』

ドレスを一瞬で脱がされ、悲鳴を上げた——その時。

夢の外から光が差し込んだ。

——ああ……！　朝だ！　朝日だ！

——目を開ければ救われる……!!

ぶちゅぶちゅとキスをしてくる雪斗を引き剝がしつつ、懸命に瞼に力を込める。

まさか、目覚めた先でも夢と同じ結末を辿ることになるなんて、露ほども思わずに。

1　偶然（？）の再会は、衝撃の告白とともに

ユキくんのおうちは、すっごく大きい。

ぐるっと続く高い塀の横を歩いて、やっと現れたインターホンに悴《かじか》んだ指を伸ばす。

「円香ちゃん、こんにちは」

ボタンを押す寸前に後ろから呼びかけられて、ランドセルを背負った肩がびくっと揺れた。

「今日も雪斗と遊びに来てくれたの？」

振り向くと、ユキくんのお兄さんが立っていた。

ユキくんは五人兄弟の四番目なんだけど、これは一番上のお兄さんだ。制服を着てて、背が高くて、すっごくかっこいいの。学校から帰ってきたところなのかな？

もじもじしながら頷くと、門を開けて、二階のユキくんの部屋まで案内してくれた。

「円香ちゃんが遊びに来るようになってから、雪斗、時々部屋の外に出たり、リビングで食事を摂るようになったんだけど……。俺が顔を出すと、嫌がるかもしれないから。あとはよろしくね」

そう言って、お兄さんは一階に戻っていった。もしかしたら、お手伝いさんにおやつの用意をお願いしてくれるのかも。いつもすっごく美味しいクッキーを出してくれるんだ。

「ユキくん。私だよ。円香！　今日もきたよ〜、入るね〜」

返事はなかった。

ドアに耳をつけると、嫌な音が聞こえて慌てて中に入る。

ユキくんはベッドの中で丸まって、咳が止まらなくなっていた。

何度も聞いたことがあるから、普通の咳じゃないって、すぐにわかる。

「まってて、今、お薬……！」

部屋を見渡し、勉強机の上にあった吸入器を引っ摑んで差し出すと、ユキくんはなんとか吸い込んで——それでもまだ咳を続けてたけど、頭や背中を撫でてあげると、少しずつ落ち着いてきた。

「円香ちゃん……ありがとう」

ユキくんは枕の上で恥ずかしそうに顔を背けて、滲んだ涙を拭った。

「大丈夫？　お兄さんか、お手伝いのお姉さん、呼んでくる？」

「……平気。寒いと、具合悪くなりやすいだけ……」

ユキくんはいつも『平気』って強がりを言う。

本当に平気なら学校に来てるはずだし、白くて細くて消えちゃいそうで、いつも泣いた後みたいな顔をしてるのに。

「それより、今日も来てくれて、嬉しい」

「へへ……私も、ユキくんと会うの楽しみだから」

ランドセルを下ろして、マフラーとコートを脱ぐ。ベッドの端に座ると、ユキくんが身体を起こした。また発作が出ないように、ベッドの端にあったカーディガンを肩にかけてあげる。

「……ありがとう。円香ちゃん、今日も公園で友達と遊んできたの？　同じ二年生の子？　男の子もいた？」

「うん！　ユキくんも早く元気になって、一緒に遊べたらいいね。私だけじゃなくて、たくさんお友達がいた方がいいと思うし」

「……別に……僕は、円香ちゃんさえ来てくれれば……」

声がちっちゃくて聞き返す。でもユキくんは「なんでもない」って首を横に振っただけだった。

ユキくんは小学校に入ったばっかりの時に隣の席だったけど、入学してすぐ、授業中に咳が止まらなくなって、救急車が来て……それから、学校に来られなくなっちゃったの。目の前で倒れたのを見てから、私はユキくんが心配で……一年半、毎日のようにユキくんの家に通ってる。

「そうだ。漫画の続き、持ってきたの！　この間買ってもらったんだけど、ユキくんと一緒に見ようと思って、まだ読んでないんだ」

「……！　嬉しい。僕も続き、気になってたから」

不安そうなユキくんの顔が、ふわっと明るくなった。

女の子向けの絵だけど、ユキくんはなんでも、『円香ちゃんが好きなのがいい』って言ってくれるんだ。

ランドセルを開いて漫画を取り出す。先生に見つかったら怒られちゃうけど、私とユキくんの家は学校から反対の方向で、取りに帰るのは大変だから仕方ない。

ユキくんが読み終わったのを確認しながら、ゆっくりページを捲っていく。

主人公は中学生の女の子で、いつも転校生の男の子が意地悪してくるんだけど、この日は、ちょっとびっくりすることが起きたの。

残りのページが少なくなってきて、『続き、どうなっちゃうんだろう！』って思いながら捲ったら――。

「あ……、……」

主人公の女の子が、いつもケンカしてた転校生の子から、突然、キスされちゃってるんだもん！

キスしてる絵も、それをユキくんと一緒に見てることも、お互い固まっちゃったのも、なんだか恥ずかしくて。

ちらっとユキくんを見ると、耳まで真っ赤になっていた。

ぱっちりした大きな目が、長い前髪の間で潤んで、泣きそうになってて。

白くて細くて冷たい指が、私のセーターの裾を摘まんできた。

こんな時、やっぱりユキくんには私がついてなきゃダメなんだ、って思う。

「……僕、円香ちゃんと、……してみたい、……」

「えっ……」

ユキくんはまだ、キスしてる絵を見てる。

私も、もう一度漫画を見た。

……してみたいって。キスのこと？

……私とユキくんが？　キス？

「……だ、ダメだよ、こういうのは……大人になったら、するんだと思う……！」

「大人になったら？」

ユキくんの目が、まっすぐ見上げてくる。

セーターを握る指に、ぎゅっと、力が籠もった感じがした。

「じゃあ、それまでずっと……一緒にいてくれる？　明日も明後日も、来てくれる？　急に来なくなったりしない？」

「もちろんだよ！　でも、まずはユキくんが元気にならなきゃね。そしたら学校でも会えるし、皆と一緒に、もっと遊べるもん！」

「……うん」

またキスの話にならないように漫画を閉じると、お手伝いの可愛いお姉さんが、クッキーとホットミルクを持ってきてくれた。

おやつを食べた後は、ユキくんの勉強机に並んで座って、私の宿題を一緒に解いた。

ユキくんはすっごく頭がよくて、教えるのが上手なの。

学校に行けない代わりに、家庭教師さんと、おうちで勉強してるんだって。学校の授業より、ずっと先のことを教わってるみたい。

それから、ユキくんの本棚にある植物の図鑑を一緒に眺めた。

でも、一緒にベッドでごろごろしながら見てたせいで……。

「円香ちゃん。雪、降ってきちゃったよ。帰らないと……」

「ん、……、……」

「……円香ちゃん？　……寝ちゃったの？」

頭を、撫でられた気がする。

――……お願い、起こさないで……。

――まだ、帰りたくない。ユキくんと一緒にいたいよ。

お母さんは知らない男の人と家を出て行っちゃったし、お父さんはお仕事で遅くて……

最近はお酒の匂いがして、時々一人で泣いてるの。

晩ご飯は、お兄ちゃんが塾の帰りに、コンビニでお弁当を買ってきてくれるけど……。

お腹が空いたまま一人で待ってるのは、すごく寂しくて、怖いから。

――それに、ユキくんには、私がいなきゃ……。

――ユキくんは私より小さくて、弱くて。他にお友達だって、いないでしょ？

――だから……もう少しだけ、ここにいさせて……。

◇◇◇

この日の夜のことだった。

珍しく早く帰宅した父が、泣き腫らした目で、

『お母さんはもう帰ってこないから、お父さんと一緒に、田舎のばあちゃんとじいちゃんちに引っ越そうな』

と言って、円香と兄を抱きしめてきたのは。

『そんなの嘘！　お母さん、絶対帰ってくるって言ってたよ！　私のこと、おいてくわけないもん……！』

そう言ったけれど、引っ越しの日になっても、母は戻らなかった。

そして田舎へ引っ越した後は、全てが不幸に転じた。

失ったのは、母や学校の友達だけではなかったのだ。

『円香は我が家のお姫様だからな』と抱きしめてくれた大好きな父は、妻に裏切られたショックでアルコール依存症に陥った。

エリート街道を歩んできた父にとっては、離婚も、田舎へ戻っての転職も、何もかもが耐え難い苦痛だったに違いない。

酒が原因でどの仕事も長続きせず、毎晩祖父と口論を繰り返し、その横で祖母が泣く。

円香は家にいても全く心が安まらず、かといって転校先の学校では、『東京《とうきょう》から引っ越してきたからって、気取ってる』と、のけ者にされた。

円香の居場所は、どこにもなくなった。

やがて地域に父の噂が広まってまともな仕事に就くのが難しくなると、祖父母の年金と貯金頼りの生活になり、兄が就職して仕送りをしてくれるまで、貧しい生活を強いられた。

その一方で、雪斗は――。

円香が引っ越した途端、どんどん元気になり、幸せな人生を手に入れていった。

まるで、元々円香の助けなど必要なかったと証明するかのように。

病気を克服し、学校に通い、たくさん友達を作り、部活や習い事をはじめて、家族で海外旅行を楽しみ――メッセージに添付された写真に映る笑顔は、年々輝きを増していく。

いつだって明るく励ましてきたし、この先もそんな存在でありたい。

自分の状況を伝えたところで、幸せそうな雪斗を困らせるだけだ。

だから、『新しい学校でも、友達と仲良くやってるよ！』と嘘を吐いた。

けれど、引っ越し前と変わらない自分を装い、現実とは真逆の嘘を重ねるにつれて、雪斗と交流を続けることが辛くなりはじめた。

――ユキくんは、私がいなきゃダメだったんじゃないの？

――なんで、一人で幸せになっちゃうの？

――ユキくんには支えてくれる家族や友達がいるのに。どうして、どうして私は……。

雪斗だって、相当な努力を重ねたはずだ。

なのに日々の辛さから、次第に嫉妬や僻《ひが》みが生じて、そんな自分に耐えられなくなり――中学に進学してしばらく経った頃、円香は一方的に連絡を絶った。

そうして、やっと気付いた。

雪斗の幸せなど、本当は願っていなかったのかもしれないと。

病弱な雪斗の世話を焼くことで、自分の居場所を作っていただけだと。

しばらく罪悪感と自己嫌悪に苦しみ、その後、兄が家計を助けるため遠方に就職し、より孤独と向きあわざるをえなくなって、円香は決意した。

せめてこの先は、大事な人の幸せを心から願えるよう、自分に与えられた人生に精一杯向きあって生きようと。

◇◇◇

二十年ぶりに東京《とうきょう》を訪れた栗原《くりはら》円香は、同窓会の会場をきょろきょろと見渡した。

各国のＶＩＰ御用達のラグジュアリーホテル、〝クリスタルメドウ〟の広間は、着飾った男女に彩られ、燦然《さんぜん》と輝いている。

クラシックスタイルのシャンデリアに、ブルーのモチーフが配列された毛足の短いカーペット。

大きなガラス窓の向こうには、九月らしい秋晴れの元、緑が広がっていた。

――観光がてら東京駅からここまで歩いてきたけど、途中にもＳＮＳ映えしそうなカフェがいっぱい並んでたし。都会って洗練されてるな～……。

――でもやっぱり……同窓会は欠席して、観光だけにしておけばよかったかな……。

溜息を飲み込んで、ショルダーバッグのベルトを握り締める。

引っ越し後、唯一連絡を取っていた同級生からしつこく同窓会に誘われたのが、約二ヶ月前のこと。

誘ってくれた友人以外は疎遠になっていたから、当初は全く気乗りしなかった。

心変わりのきっかけとなる出来事があったのは、つい先月だ。

アルコール依存症の父が原因で恋人に振られ、その余波で仕事まで辞めざるをえなくなり、『同窓会と東京観光で気分を変えて、心機一転頑張ろう！』と半ば自棄《やけ》になって参加を決めた。

でもキラキラした会場には、それに相応《ふさわ》しい人間が集まるものだ。

華やかさを競うようにブランドファッションに身を包み、仕事もプライベートも充実した友人ばかりが集まっている。そもそも、昔通っていた小学校は、学区に高級住宅地を含んでいたため、クラスメートの多くは実家が太いのだ。

出てくる話題は、海外旅行や、ハイスペックなパートナーとの恋愛や結婚、子供の受験の苦労話。

今までもこれからも、円香の人生には縁のないものだ。だから、

「円香は今、どうしてるの？」

なんて気さくに話しかけてくれることを嬉しく思いつつ、毎回答えに困ってしまった。

恋人に振られて職を失ったなんて、どう考えても不向きな話題だし、かといって日常はといえば、六年前に祖父母が相次いで亡くなってからずっと、依存症を認めない父との口論ばかりだ。

――そろそろ予約したホテルにチェックインできる時間だし、退散しようかな……。

そう思って、出入り口に視線を投げた時。

「栗原！　なんだよ、もう帰るの!?」

ワイングラスを片手に慌てて近寄ってきたのは、同窓会の幹事で、何度も誘ってくれた松永良平《まつながりょうへい》だ。

彼の親は共働きで――つまり円香と同じ中流階級で、価値観も馴染むところが多かった。転校後も節目節目に連絡をくれて、気負いなく近状を報告できたのは彼だけだ。良平が結婚してからも、つかず離れずの交友が続いている。

「いやー、移動で疲れちゃったから、先に失礼しようかなって」

円香の暮らす千葉県《ちばけん》の南端から東京まで、電車を乗り継いで四時間はかかる。トレンチコートの下に同窓会向きのワンピースを着込んで会場に直行したこともあり、少し疲労も溜まっていた。

「えーっ、二十年ぶりなのに！　二次会も出ようぜ。それにほら、雪斗とか……仲良くしてただろ？　まだ会ってないよな？」

「え……」

予期せぬ名前に、心臓が跳ねた。

彼は日本にいないと聞いていたからこそ参加したのだ。

雪斗とは、十四年近く連絡を取っていない。

幸せに嫉妬して、連絡を全て無視する形で一方的に縁を絶ったのに、今更あわせる顔などあるわけがない。

「何言ってるの。アメリカに留学して、そのまま向こうで就職したって教えてくれたのは、良平でしょ」

「あー……まあ……そう、なんだけどさ」

良平は歯切れ悪く視線を逸らし、ワイングラスを傾けた。

「ニューヨークだっけ？　有名なホテルで働いてるとか」

「んー、そうそう、五つ星の超～高級なとこ。アイツ引っ込み次案だったのに、すごいよなぁ」

「……、うん。いっぱい努力したんだろうね」

「地頭いいけど、それ以上に努力家だったもんなー」

引っ越す前、雪斗の友達は円香だけだった。だから良平の方が雪斗をよく知っているのは、未だに違和感だ。

楽しげに思い出話を語りはじめた良平を前に、目を伏せた。

――また幸せそうな人を妬むことがないように頑張ってきたつもりだけど。

――本当にちゃんと、そんな生き方ができてるのかな……。

十数年前。雪斗に嫉妬してしまったのは、自分の人生から逃げているからだと気付いて、それからはどんなに辛くても真正面から向きあってきた。

成人してからは、『依存症の父に寄り添いながら恋愛や結婚は難しいだろうし、生涯独身なら、せめて仕事で子供と関わろう』と考えて、幼稚園教諭の道を選んだ。

いや、二ヶ月前に、職場の幼稚園を卒園した子の父親、シングルファザーに告白され、もしかして……なんて思った日もあったことはあったのだ。

けれど、あっという間に破局した。

あまりに酷い終わり方だったので、むしろもう恋愛は二度とごめんだった。

それでも人生を謳歌《おうか》している旧友たちをつい眩しく思ってしまうのは、やっぱりまだ覚悟と努力が足りないのかもしれないなと思う。

ちらりと腕時計に目をやると、もう夕方の五時半を過ぎていた。

九月に入って日が短くなりはじめているし、慣れない場所だから明るいうちに移動を済ませたい。でも良平の昔話は、放っておいたら延々と続きそうだ。

「ご、ごめん良平。私そろそろ……ホテルまで電車移動が必要で、暗くなると道に迷いそうだから」

「えっ。いやいや、もうちょっと！　あ、向こうにスイーツあったぞ、もう食べた？」

「あのねえ、子供じゃないんだから、お菓子で釣ろうなんて――」

苦笑した時、会場の出入り口がざわついた。

何やら、女性たちの黄色い声が聞こえてくる。

「？　なんだろ……？」

「はぁ～、やっと来たか。にしても、芸能人みたいな騒がれようだな……」

「え、芸能人？」

背の高い良平には、注目の的が見えているらしい。

せっかく東京まで出てきたのだ。珍しいものならなんでも見ておきたい。

円香は興味本位で背伸びをした。

「わぁあ……」

ものすごいオーラを放っているから、人混みの中を探すまでもなかった。

良平の言う通り、芸能人かと思わせる二枚目が、近寄ってくる女性たちに温和な笑みを向けている。

日本人離れした精悍な顔立ちと、鳶色《とびいろ》の髪。

色素の薄い肌は瑞々しく艶やかなのに、スーツのシルエットから、雄々しい体格が透けて見える。

男性を見ただけでドキドキするなんて、初めてのことだった。

彼を取り囲む着飾った女性たちは霞んで、背景と化している。

彼はその背景をぞろぞろと引き連れて、会場の中へと進んできた。

「すごーい……ホントにアイドルみたいだねぇ」

珍しい動物でも見るような気持ちで背伸びを続けていると、良平が苦笑交じりにぼやく。

「すぐストーカー化するから女友達ができないとかぼやいてたけど、贅沢だよなぁ。毎晩美女を取っ替え引っ替えできる身分ってだけで羨ましいし」

「取っ替え引っ替え、って……」

——遊び人ってことかな？

——まーでも、あんなに神がかった容姿の男性に迫られたら、どんな女性でも、ぐらっときちゃうかも……。

実際、まとわりついている女性たちは彼を見つめ、さりげなく髪を直し、必死に求愛行動をしているように見える。毎晩取っ替え引っ替えどころか、何人も侍らせることができそうだ。

「まぁすごい変わり者で、全く言い寄ってこない女を追いかける方が楽しいらしいけどな～」

良平がにやにやと笑みを浮かべて、円香へ視線を移す。

「へ～……モテすぎると、普通の子は飽きちゃうのかな？　っていうか良平、知りあいなんだ？　転校生？」

「え……？」

驚いた顔で見下ろされて、首を傾げて見つめ返す。

「いやいや、よく見ろよ。知ってるだろ」

何か勘違いしてるんだろうなと思いながら、もう一度背伸びをして――男と、ばちんと目があった。

切れ長の目が、まあるく見開かれる。

それから、子供が宝物を見つけたかのような笑顔が咲いて。

「円香ちゃん……！」

「え……」

男が、周囲の女性を振り切って、まっすぐに駆け寄ってくる。

瞳の淡い輝きに、切ない思い出が蘇った。

でも、違う。

大きさも容姿も振る舞いも、何もかもが別人だ。

それに、あんなふうに女の子の扱いに慣れているなんて――。

「会いたかったっ……っ！」

「ぎゃっ⁉」

駆け寄ってきた勢いでタックルされて──そのまま両腕が背中に絡んで、胸が押し潰されそうなほど強く締め付けられた。

「っぐぇ……！　っ……あ、あの、」

「円香ちゃん！　ほんとに……ほんとに、円香ちゃんだ……！　ああ、髪伸ばしたんだね？　背も伸びてる！　お化粧もしてるし……！　すごい、大人になってる……！」

しっかりした男らしい輪郭も、切れ長の目も、まっすぐに通った鼻筋も。

やっぱり、子供の頃の印象とは完全に別物だ。

円香の知っている〝ユキくん〟は、縋《すが》るような怯えた目をしていたし、声だって弱々しくて聞き取りにくかった。

でも目の前の男の眼差しは包み込むように力強く、声だって、明るく朗らかな中低音だ。

何より自信に満ちた立ち居振る舞いは、青白い顔でベッドに横たわっていた時とは別人で。

それでもなんとか、髪と同じ淡い鳶色の瞳が、わずかに記憶と重なった。

「……、……ユキ……くん……？」

「そうだよ！　何、そんなにびっくりした顔して！」

「……だって、あの、海外で働いてる、って」

「あ、俺のこと聞いてたの？　嬉しいなぁ……！　一昨年、日本に戻ったんだよ！」

「そう、だったんだ……」

——もしかして良平は知ってたの？　どうして教えてくれなかったの？

そう思いながら振り向いたが、あれほど『残れ残れ』と言って強引に引き止めた彼は、煙のように消えていた。

「円香ちゃんは？　今、どんな感じなの？」

「あ……えっと、私は……通信で資格取って、ずっと幼稚園で働いて、って感じで……そんなに、面白い話ってないかも」

「幼稚園の先生？　子供好きなの⁉　よかったぁ〜、俺も好きで、いっぱい欲しいなぁって思ってたから！」

「……、……？　そ、そうなんだ……？」

——……『よかったぁ〜』って、何が……？

問い返すべきか迷った時。雪斗を囲っていた女性たちが、

「栗原さんと九条くんって親しかったっけ？」

「一緒にいるところ見た記憶ないけど」

「あの女誰？　私知らない〜」

「なんなの？　あんな馴れ馴れしく……」

なんて、嫉妬を剥き出しに囁きあう声が聞こえてきた。

早く退散した方が良さそうだなと思うのに、雪斗はお構いなしに話しかけてくる。

「円香ちゃん、女子同士の集まりにも参加してないって聞いてたから、今日も来ないかと思ってたんだけど……すごい偶然だね！」

　きっと海の向こうで、途方もない努力と経験を重ねてきたのだろう。

堂々とした振る舞いは、彼の人生がいかに順風満帆で満ち足りているかを物語っている。

万が一再会することがあれば、今度は心から雪斗の幸せを祝福したいと思っていたのに――今やあまりの眩しさに、直視することすらできなかった。

「……そ、そうだね、私も、もう会わないと思ってた……。本当に、元気になったんだね」

連絡を無視した円香を責めるでもなく、真っ先に再会を喜んでくれたことに戸惑いを覚えたが、考えてみれば、別れてからもう二十年だ。

円香にとっては雪斗と過ごした日々が唯一の幸せな思い出だったけれど、雪斗はたくさんの喜びで思い出を更新して、とっくにどうでも良くなっていたのかもしれない。

「円香ちゃん、今日は二次会までいる？」

「ううん。ちょうど、帰ろうとしてたところで」

「えっ、もう？　もしかして今も実家？　あんまり時間、なかったりする？」

「いや、そういうわけじゃないんだけど、……」

周囲の女性から向けられる嫉妬の視線に、殺意が交じりはじめている。

冷や汗をかきつつ半歩後ずさったのに、雪斗は離れた分以上にずずいっと近付いてきた。

「えっと、しばらく観光するからホテル取ったけど、暗くなると道が不安で。……あの、もう昔のことだけどさ、私――」

手短に昔の不義理を謝罪して、さっさとこの場を離れようとした矢先。

「ねえ！　九条くん!!」

殺意高めの視線を送ってきた女性の一人が、『いい加減譲りなさいよ！』とばかりに割り込んできた。

「この後の二次会抜け出して、二人で飲みに行かない？　私、朝まででも平気だし……」

彼女は胸の膨らみを強調するように、さりげなく両腕を寄せる。

大胆な誘いに目を丸くしたのは円香だけで、雪斗の対応は慣れたものだった。

「お誘いありがとう。でも今晩一緒に過ごす相手は、もう決まってるから……また今度、ね？」

角が立たないようにリップサービスをしたのか、はたまた、次は本気で相手をするつもりなのか。

たっぷり含みを持たせた『ね？』のニュアンスに興奮した女性たちが、

「えーっ、ずるい～！　私とも遊んで！」

「私も～！」

と瞳を輝かせ、雪斗にべたべたと触りはじめる。ほとんどセクハラだが、雪斗はそんなアプローチすら、

「困ったな。誰か一人を贔屓にはできないし。せっかくだから俺の友達も呼んで、別の日に皆でパーティーでも開こうか？」

なんて余裕の笑顔で捌《さば》いている。女性陣は、「え～っ、九条くんと二人きりがいい～！」と言いつつ嬉しそうだ。そうこうしている間にも、夜の街灯に群がる蛾のごとく、わらわらと新たな女の子が集《つど》ってきた。

——な……何これ………。

——あ、遊ぶって、どういう意味？　パーティーって？　一体何をするの……!?

いい歳をした大人だ。まさか朝までお茶を飲んでお喋り、なんてことはないだろう。良平も、『毎晩美女を取っ替え引っ替え』と言っていた。

男性と縁遠かった円香には、全く考えられない世界だ。

何より、あの可愛くて気弱だった雪斗が、こんなに遊び慣れているなんて、にわかに信じられない。

——どうしよう……ついていけない……。

――せめて一言謝ってから帰りたいけど……。

できる男は、円香の困惑まで把握していたらしい。

「待たせちゃってごめんね」

と円香の肩口で囁くと、よく通る声で、

「申し訳ないけど、ちょっと用事があるから。パーティーに興味がある子は、良平に連絡先を預けておいて！」

と強引に取りまとめて円香の手を取り、人を掻き分けて会場の外へ向かった。「え～っ」という悲鳴と共に背中に強い嫉妬の視線を受けて、冷や冷やする。

「あ、っ……あの、私は、帰るところだったから、気にしないで――」

「いや。さっきの話の続きだけど、時間はあるんだよね？　突然連絡くれなくなっちゃった理由をちゃんと聞きたい。ずっと気になってたから」

「あ……」

斜め前を歩く雪斗の顔をよく見ると、女性たちに向けていた笑顔は消えていた。気さくな振る舞いから、もう過去の不義理は気にしていないのかと思ったが、どうやら違ったらしい。

雪斗がどう捉えていようが、謝罪は謝罪できちんとすべきだったのに、軽く済ませて帰ろうとした自分が恥ずかしくなってくる。

「もちろん……。私もずっと、謝りたいと思ってたから……」

「とにかく、また邪魔されそうだし、場所を変えよう」

雪斗は次々に声をかけてくる女性たちを強引にかわして会場を出ると、ロビーラウンジとは逆の――ホテルの奥に進み、スタッフ専用のドアを開け、事務所らしき横を通り過ぎた。

「え……えっ？　ねえ待って、ここ、入っていいとこじゃないんじゃ……っ」

「大丈夫。近くの店に入ると、同窓会の参加者がいるかもしれないから」

「で、でも……」

雪斗は円香の手を握ったまま、立ち止まらない。

すれ違うスタッフは全員漏れなく驚いた顔で雪斗を見て、なぜか「お疲れ様です」と頭を下げた。

エレベーターのボタンを押して、中に引っ張り込まれる。ワゴンが何台も乗りそうな広さで、どう見ても業務用のエレベーターだ。

雪斗が最上階から一つ下のボタンを押す。

その時、中年の女性スタッフが駆け寄ってきて閉まりかけたドアを止め、雪斗に洋封筒を差し出した。

「お休みのところ申し訳ありません。三日後にご宿泊予定のルイーズ・キャンベル様から、総支配人宛てにお手紙とお花が届きまして」

　世界的に有名なセレブモデルの名前だ。確か父親は、アメリカ最大手の製薬会社の会長だった気がする。クリスタルメドウは各国の大統領や王族に利用されているから、セレブが利用客でも不思議はない。

　だから、耳を疑ったのはそこではなくて。

――そう、しはいにん……？

　目を丸くして隣の雪斗を見上げると、先ほどの女の子たちへの軟派な対応とは打って変わって、引き締まった顔で手紙を受け取った。

「ありがとう。……贈り物は必要ないって言ったのに……」

　彼は差出人を確認し、困った様子で溜息を吐く。

「花はいつも通りバックルームに飾って、スタッフの皆で楽しんで」

「はい、そのようにいたします」

　そう答えたスタッフは、値踏みするように円香を見て、雪斗に視線で『彼女は？』と問いかけた。胸元のネームプレートには、〝副支配人　杉本《すぎもと》〟と書かれている。

「彼女は今晩の特別なゲストだから。明日の朝まで、部屋には誰も寄越さないで。後のことは頼むよ」

　たったそれだけの説明で、杉本は「承知いたしました」と頷いた。

再びドアが閉まると、ごっ、と音を立てて、エレベーターが上昇をはじめる。

別世界に連れ去られる不安に駆られて、こくんと喉が鳴った。

「ユキくん、もしかして……ここで働いてるの？　クリスタルメドウで……？」

「うん、そうだよ」

自慢するでも、自信ありげに振る舞うでもない。

ごく自然な返事に、現実が遠退いていく。

――そういえば。

――そもそもクリスタルメドウって、九条グループの系列会社が経営してるん……だったっけ……？

九条グループは日本を代表するコングロマリットの一つで、手広く事業を展開しているから確信は持てないが、いずれにしても、コネで総支配人になれるほど甘い世界ではないだろう。

何より、雪斗から発せられる自信に満ちたオーラは、どう見ても、張りぼての肩書きで得られるものではない。

とにかく、円香はここにきて初めて、彼が九条グループの御曹司であることを強烈に実感した。

子供の頃は『おっきな家に住んでるなぁ』という大雑把な認識しかなかったし、成長す

るにつれて世の中を知った時には、

『ユキくんのお父さんって、九条グループの会長だったんだ。私、すごい家に遊びに行ってたんだな……』

と、全てが遠い昔のことになっていた。

貴公子のような容姿に、完璧なキャリアと家柄までついていると考えれば、さっきの女性たちの狂騒っぷりも納得だ。

――っていうかこれ、どこに向かってるの？

――普通に話すだけなら、わざわざバックヤードから移動する必要ないよね？

――どうしよう……。二人きりになった途端、すごく怒られたりして……。

エレベーターが止まり、ビクビクしつつ、案内された部屋に入った瞬間。

夕陽でロマンチックに彩られた光景に、思わず「わぁあ……」と感嘆を漏らしていた。

応接間兼、執務室だろうか。

広い室内は、十八世紀英国のジョージアンスタイルで統一されており、まるで貴族の邸宅だ。

左手にはローテーブルとソファー一式が、右手には装飾的な木彫りが施されたチェストと執務机が構えている。奥にはデザイン階段があり、吹き抜けの上階にいくつかドアが並んで、メゾネット仕様になっていた。各所に配置された照明は、燭台を彷彿とさせるブラケットライトだ。

「ここ……お仕事する部屋？　……それとも、スイートルームとか……？」

「ううん。執務室も兼ねてるけど、ここに住んでるんだよ」

「住……、え？　ええ……!?」

階段の上に並ぶドアを見上げる。

もしかすると二階は住居で、ベッドルームやバスルームがあるのだろうか。

「住み込み《リブイン》の方が仕事に集中できるから。海外だと、一流ホテルの支配人は、家族でホテル内のレジデンスで暮らすのが一般的なんだ。一応マンションも持ってるけど、忙しくて……戻るのは年に数日かな」

「それって、二十四時間仕事漬けってこと……？」

「そうだね。部屋を出たら職場だし、いつ呼び出されるかもわからないし」

どんなに豪奢な空間でも、仕事場に寝泊まりなんて、休まる暇もない気がする。

「すごい……本当に、頑張ってるんだね。留学したって聞いた時もびっくりしたけど……」

「円香ちゃん、座って。ゆっくり話そ」

執務机の引き出しに手紙をしまった雪斗が、視線でソファーを勧めてくる。

円香は、覚悟を決めて腰掛けた。

でも一体、どう申し開きをすればいいだろう。

連絡を絶った本当の理由や、今も見通しのない苦しい生活が続いている、なんて事実をそのまま伝えて、反応に困る雪斗は見たくない。同情や憐れみなんて真っ平だ。

――とにかくもう、平謝りするしかないよね……。

――何を言ったたって、結局は妬みが原因で、言い訳にしかならないし……。

雪斗はミニバーで二人分のウイスキーを注ぐと、一つを円香の前に置いて、向かいのソファーに座る――かと思いきや。

「……？」

隣に座られて、座面が揺れ、わずかに身体が傾いた。

もちろん、安物のソファーだからではない。本革の立派な造りだ。

つまり、近いのだ。

大人が悠々と三人は座れる大きさなのに、肩と太腿が触れそうな距離。

さりげなくスカートの裾を直すふりで、少しだけ距離を空けて、ちょこんと座り直す。

すると、雪斗も座り直して距離を詰めてきた。

――……？　…………？？？

「嬉しいなぁ。こうやって並んで話すの、二十年ぶりだね」

雪斗はウイスキーを一口舐めてグラスを置くと、円香の顔をまじまじと覗き込んできた。

それはもう、失礼なくらいに、ねっとりと。

「あ……、そ、そう……だね……？」

言われてみれば、確かにそうだ。

子供部屋でベッドに座って、図鑑や漫画を読んだ時と、同じ距離。

でも、今や雪斗の体格は、日本の成人男性の平均を大きく上回っている。

可愛いふわふわの子犬が、突然熊になってすり寄ってきたら、同じように仲良くするのはちょっと難しいと思う。

なんなら中身だって、さっきの女性たちへの対応を見るに、別人だった。

しかも――。

「円香ちゃん、昔も可愛かったけど……本当に、とっても綺麗になったね」

「え……」

麗しい顔面が、吐息が触れそうな距離まで近付いてきて仰け反った。

だってこれ以上距離を詰められたら、鼻先が、唇が、触れてしまう。

「ふふっ、顔が赤くなってて、可愛い……。そんな、そっぽ向かないで。綺麗な顔、もっとよく見せて？」

「ひ、っ……!?」

動悸を耐えるだけで精一杯だったのに、今度は胸元に落ちていた髪を耳にかけられた。

雪斗の太い指が耳の縁に触れて、ぞくっと震えが走り、頭が真っ白になる。

──……、……これ、って……？

──え……？　口説かれ……、……。

──いやいや……いやいやいや……？　あれだけ女性に言い寄られてたのに、わざわざ偶然再会した私を、なんて、意味がわからないし……。

──……、あれ？　でも。

──良平はユキくんのこと、『言い寄ってこない女を追いかけるのが楽しいらしい』って……、……？

冷静に考える隙を与えないのは、もしかしてナンパ術の一つなのだろうか。

硬直している間にも、更に刺激の強い言葉が襲いかかってきた。

「それで？　教えてくれる？　結婚しようって約束してたのに、どうして連絡、くれなくなっちゃったの？」

「は………、え……？　け、けっこん……？」

「うん。約束したよね？」

「えっと、……、だ、誰と、誰が……？」

今度は雪斗が、笑顔のまま固まった。

しばらく円香の顔を観察した後、少し焦った様子で続ける。

「まさか……忘れちゃったの？　『ずっと一緒にいてくれる？』って確かめて、毎日約束したよね？」

「………」

親密な距離に、強い酒に、歯の浮く褒め言葉。止《とど》めに、強引に持ち出された『結婚』という パワーワード。

間違いない。

やっぱり、口説かれている。

お得意の、女を落とす公式があるのだろう。

確かに、雪斗の言うような会話を交わした気もするけれど、六、七歳の頃の話だ。

子供にとっての『ずっと』なんて、せいぜい一ヶ月や二ヶ月、長くても一年くらいの認識だ。それを二十年越しに、全く釣りあいの取れない女に本気で持ち出すなんてありえない。もし本気で言っているなら、頭がどうかしている。

「どう？　思い出してくれた？」

必死の形相で、ぐぐっと顔を覗き込まれる。

いつの間にか、じりじりとソファーの端の端の端に追いやられて、逃げ場がなくなっていた。とうとう膝と太腿が触れあって、飛び上がりそうになる。

「えーっ……と……！　い、いや……ど、どうかな〜……？　もう、子供の頃のこと、だし……」

――ど、どうしよう……どうしよう……。

――これもう完全に、罠にハマってるやつなんじゃ……。

雪斗を信じて、案内されるがまま、のこのこと部屋に足を踏み入れた数分前の自分を悔いた。

職場かと思ったが、ここはつまり、雪斗の自宅だ。

成人男性の家に連れ込まれたのと同義。

深い関係を許したと解釈されて、迫られても、仕方のない状況。

さっきエレベーターで、

『彼女は今晩の特別なゲストだから。明日の朝まで、部屋には誰も寄越さないで』

なんて、これ以上ないいくらい怪しい紹介で納得していた副支配人と、彼女の値踏みするような視線を思い出す。

きっと、『はーん？　今晩はこの女と寝るのか』という呆れだったに違いない。

「円香ちゃん……？　いいんだよ。責めたりしないから、なんでも素直に言って？　忘れられちゃってたのはショックだけど……今日にあわせて数日休みを取ってるし、まだまだ夜は長いから。大事な約束、一緒に思い出していこ？」

「っ……、で……でも、ごめん私、そろそろ……」

雪斗はなんとしてでも、今晩の獲物を逃したくないのだろう。

いや。追いかける方が楽しいらしいし、逃げる姿勢を見せたことで、余計に火をつけてしまったのかもしれない。

そそくさと立ち上がろうとすると、雪斗はすかさず膝の上の手を握ってきた。

「ひ、っ……!?」

「ほら、こうやって……いつも円香ちゃんの手を握ってたのは、覚えてるよね?」

ごつごつした手指が絡んできて慌てて手を引いたけれど、恋人のように指を搦め捕られてしまう。

ふるふるふるっと、思い切り首を横に振る。

そんな記憶はない、断じてない。

服の裾や袖を握られるのはしょっちゅうだったし、時折触れることくらいはあったけれど、手は握られていない。絶対に。神に誓って。

「あれ……そうだっけ? 円香ちゃんが寝てる時に、こっそり触ったんだったかな?」

「ね……寝てる、あいだ……?」

「うん。円香ちゃん、他の友達と外で遊んだ後うちに来たから、時々疲れて、眠っちゃったでしょ? その時の寝顔が可愛くて……」

白くて細くて、天使みたいだった〝可愛いユキくん〟が、そんないやらしいことをするはずがない。

結婚という言葉をチラつかせるだけでなく、記憶にないことを捏造するのも、やり口の一つなのだろうか。

雪斗は思い出にかこつけ、手を繋いで拘束すると、止めに決定的なことを囁いてきた。

「とにかく……今晩は、帰さないから。円香ちゃんの話を聞きたいし、今日までの俺の気持ちも伝えたいし……二人きりで、一、晩、じ、っ、く、りお話ししよう？　ね？」

「あ……」

体温を染み込ませるように、ぎゅ、と強く手を握られる。

なんとか解いて、押し返さなくちゃと思う。

なのに、心のどこかで、嫌だと思っていない自分が——ドキドキしている自分がいた。

だって、優しい喋り方は間違いなく、円香の知っている雪斗だ。男性経験のない円香にとって、二十年間繰り返し思い出した男の子がこんな素敵な大人に成長して、情熱的に求めてくれるだけで、どうしたってふわふわした心地になってしまう。

それに、二ヶ月前に振られた恋人にだって、こんな甘いことは言われなかった。

それどころか、最後は——。

『恋人作る前に、その親父捨てるか、精神科にぶち込んでこいよ』

そう吐き捨てられた。

わかっていたのだ。泥酔した父の姿を一度でも見た上で、父ごと受け入れてくれる男性などいるわけがないと。

その後の、更に残酷な仕打ちまで思い出しそうになって——思わず息を止める。

——恋愛も結婚も諦めて、お父さんの面倒を見て。

——二度と、自分に与えられた人生から逃げないって決めたけど。

——このまま独り身なら、旅先で、一夜の思い出くらい……。

流されて男性と関係を持つなんて、想像したことすらなかった。

でも今日まで、弱音も吐かずに頑張ってきた。人生でたった一度羽目を外したって、罰《ばち》は当たらない気がする。

田舎に帰ったら、こんなに素敵な場所も、偶然の出会いもない。そして男女の噂はすぐに広まる。仕事柄、気軽に男遊びなんてもっての外だ。

——ユキくんなら……一度きりの関係でも、優しくしてくれる気がするし……。

「円香ちゃん？　ちゃんと、自分の意思で残ってくれるよね？　でないと……」

声がわずかに低まって、不穏な気配が漂った。

少し痛いくらい強く手を握られて——でも、手の平に滲んだ汗は、そのせいではなくて。

「……そう……だね。私もちょうど、気分転換したいと思ってたから。せ……せっかくの旅行だし？　地元じゃ、そんな羽目、外せないし……」

なんとなく、処女だと気付かれたら敬遠される気がして、慣れたふうを装ってみる。

でも、追いかけるのが楽しいらしい雪斗にとっては、面白くない答えだったのかもしれない。彼は目を眇《すが》めて、更に声を低めた。

「羽目を外す、って……？　何、それ……？」

もう少し、気のないふりをしてから誘いに応えた方が好みだったのだろうか。

でも、男を手玉に取ってきた百戦錬磨の女ならともかく、何もかも初体験で、心臓が破裂しそうなほど緊張している円香は、そのまま話を続けるので精一杯だった。

「ほ、ほら。こんな特別な場所に一泊なんて、良い思い出になりそうだし。今は恋人もいないからさ。そういうのも……いいかなって」

「……円香ちゃん。男と、遊び慣れてるの？」

声音から甘さが消えて、なぜか、詰問の雰囲気を帯びていた。

彼自身は手慣れた様子で部屋に連れ込んで、『結婚』なんて大仰な言葉まで持ち出して口説いておいて、わけがわからない。

「そ、そりゃあ……ユキくんだってそうでしょ？　もう二十七だよ？　何もないなんてことは……ないでしょ。田舎だと、恋愛以外に楽しみなんてないし」

「何人？」

怒りを孕《はら》んだ、低い声。

淡い鳶色の瞳が、鋭く光った。

「な……何が？」

「何人の男とキスしたの？」

「え……」

「何人とヤった？」

「は、……」

かーっと顔が熱くなって、目が潤んだ。

そんなの、答えようがない。

そんな相手、一人もいないのだから。

そうでなくたって、あまりにデリカシーに欠けた質問だ。

「そっ、そんなの……言うわけないでしょ!?　ユキくんには関係ないし……！　なんなの？　勝手に部屋に連れ込んで、強引に誘ってきて、話に乗ったら今度は……っ」

「……わかった。もういい……」

遮る声は、小さかった。

気のせいだろうか。病弱だった頃を彷彿とさせる潤んだ瞳の中に、仄暗い影が揺らめいたように見えたのは。

「ベッドルームとバスルームは上にあるから。先にシャワー浴びてきて」

「っ……」

——待って、そんな、流れ作業みたいにするの……？

別に、愛情たっぷりに抱いてくれるなんて期待をしていたわけではない。

初めてだから、痛いのは怖いだけだ。

でももはや、そんな弱音を言える空気ではなかった。

思い出の〝可愛いユキくん〟は、もうどこにもいなかった。


バスローブに身を包んだ円香は、窓の外に意識を集中させて、この冒険を前向きに捉えようとしていた。

皇居が夜に沈み、その向こうには、ビル群の明かりが霞んでいる。

日没と共に暗闇に包まれる田舎ではお目にかかれない、眩い景色だ。

——私の予約したビジネスホテルじゃ、こんな夜景見られなかっただろうし？

——バスタブはジェットバス付きで、私の部屋より広かったし？

——アメニティはオーガニックの高級ブランドで、タオルもふっかふかで。

——……それになんでか……し、下着まで、めちゃくちゃ色っぽくて高そうなの、用意……されて、たし……。

「う………、ううぅぅ……！　や、やっぱりダメ……どうしよう……」

その場にへたり込みそうになって、ごつんと窓に額をぶつける。

——まあつまり、女性用の下着まで準備万端ってことは、しょっちゅうこうやって女性が泊まりに来て、遊んでるってことなんだろうな。それで……、……。

どんなに気を逸らそうとしても、意識は背後の——部屋の半分近くを占拠しているキングサイズのベッドへ向かってしまって、心臓が爆発しそうになる。

「ユキくん、やっぱり怒ってた……よね」

入浴後、この主寝室に案内してくれた時、雪斗の目からは光が消えていた。

その上、

『円香ちゃんがフロントで預けた荷物は、俺が許可を出すまで返さないように指示してあるから。お風呂に入ってる間に、さっき持ってたバッグも預かっておいたよ。もう逃げようとしても、無駄だからね……？』

と、宣言してきたのだ。

なんだか怖くなって、雪斗がシャワーを浴びる音がしはじめてからこっそり階下に降り、半泣きでバッグを探したが、忽然と消えていた。執務机の近くに大きな金庫があったから、その中にしまわれているのかもしれない。

——どうしよう……逃げられないって、何？

――勝手に人のものを取るなんて、どういうこと？

――でも……人を閉じ込めたら、犯罪だよね？　ユキくんがそんなことするはずないし。私を連れ込んでるところ、副支配人さんとか、他のスタッフさんだって見てるし。

――バッグと荷物……さすがに、明日は返してくれるよね？

貴重品はもちろん、着替えすらない状況はかなり心許ない。いくら出入りは自由でも、ナイトウェアやバスローブ姿でホテルの外に出るわけにはいかないし、閉じ込められたも同然だ。

――咄嗟の勢いで、遊び慣れてるふりしちゃったけど……途中で処女ってバレて、もっと怒らせちゃったらどうしよう……。

そんな恐怖から連鎖して、ついまた、二ヶ月前の嫌な記憶を思い出してしまった。

初めてのデートを終えた後、彼は家まで送ってくれた。

昼食をご馳走になったお礼に『少しお茶を飲んでいく？』と誘ったのがいけなかった。

玄関を開けると、求職活動で外出しているはずの父が、

『円香！　久し振りに俺が夕食作ったぞ。この間、グラタン食べたがってただろ――』

と、酷い酒の匂いをまとって現れたのだ。

父は泥酔すると、円香を離婚した妻と混同し、支離滅裂なことを言って悲しみに打ちひしがれるのが常だった。

だからこの日は、初めて男性を伴って帰宅した円香を見て、元妻に裏切られた日のことがフラッシュバックしたのかもしれない。

隣に立つ恋人を見た途端、絶望に表情を変えて、

『なんだ……なんだお前！　俺の……俺の妻を奪いやがって！　どうせ幸せにできないんだ、下心しかないくせに！』

と錯乱し、恋人に摑みかかったのだ。

『何言ってるの⁉　お父さん、やめてっ……やめてよっ』

どんなに酔っても暴力とは無縁だった父が初めて見せた姿に驚きつつ、円香は必死に父の背中にしがみ付いた。

『なんでこんな奴を庇うんだ！　ろくな男じゃない！　不倫だってわかってながら、よくも……！　うちには子供が二人もいるんだぞ！　子供たちまで傷つけて……、っ……』

もちろん、泥酔した父と素面の若い男では、喧嘩にもならなかった。

彼が父の手を払うと、よろめいて倒れ込んだ父に巻き込まれて、円香も玄関に尻餅をついた。

彼は軽蔑を露わに見下ろしてきて、それから――。

『なんなんだよ……。こんなイカれた父親がいることを黙ってたなんて詐欺だろ。人を騙す女にうちの子を任せるなんて無理だわ』

元々、父が依存症であることは伝えてあったのだ。

でも、想像と現実があまりにもかけ離れていたのだろう。

『しかも、実家の近くから離れたくないとか言ってたよな？　それ、今後も親父の面倒見る気でいるってこと？　恋人作る前にその親父捨てるか、精神科にぶち込んでこいよ』

それで解決するなら苦労はしない。

昔、飲み過ぎて救急車で運ばれた時に措置入院となったこともあるが、入院が必須の状態が続かない限り、どんなに長くても三ヶ月で退院することになる。それならグループホームへの入所をと思っても、父は頑なに病を認めない。

とにかく、交際はそれで終わったが、彼の気持ちは治まらなかったらしい。

後日、円香の働く幼稚園に通っている園児の保護者に、

『うちの子はもう卒園したけど、栗原先生の父親は重度のアルコール依存症で、酔って園に乗り込んで暴力を振るいかねない。子供に万が一のことがあったら……』

と言いふらしたらしいのだ。

すぐに園長に呼び出されて父の問題を確認され、更に、

『今まで残業中に突然帰宅することがあったのも父親が原因では？』

と指摘され、それでは困ると詰《なじ》られた。以降、同僚もあからさまに冷たくなり、辞職に追い込まれた。

でも円香は、父を責めようとは思わない。

父は、母を溺愛していた。

記念日には必ず花を贈って、いつも母と円香をお姫様扱いしてくれた。

『俺が出張でいない間は、お母さんを助けてやるんだぞ』と育てられた。

今も、酔って円香を元妻と勘違いすると、

『なあ、俺に何が足りなかったんだ、なんでも言ってくれ……。戻ってきてくれるなら、なんだってする。もっと仕事を頑張って、稼いで……』

と、泣きながら眠りにつく。

そんな父を見て、いつからか、『自分は母のような女にはならない』と思うようになった。

父を、家族を捨てて、恋愛や結婚を——男を選ぶことだけはしない。

何があっても父に寄り添うと決め、依存症について勉強し、父が病気を否定するのは脳活動が低下しているのが理由で、寛解後も一生の付き合いになる病だと知ってからは、父との衝突も減った。

ここ数年は、依存症家族の会に参加して悩みを共有し、父を見守ることに徹している。

今回も落ち込みはしたけれど、運良く次の仕事が見つかったから、この旅行で命の洗濯をした後は、また淡々と日常を送るつもりだ。

ただ、それだけ割り切ってもなお、異性への憧れが残っているのは、人間の業の深さだろうか。

「はは……、学生時代は恋愛どころか、友達もできなかったし……。いわゆる〝拗らせてる〟ってやつなのかな……」

——でも、前の彼が現実を教えてくれたから、もう結婚を夢見ることはないし。

——きっと今晩のことは、いい思い出になる……はず。

何十回目かの溜息を吐いた時、ドアが開く気配がして、飛び上がるように振り向いた。

円香と同じ、バスローブ姿。

半乾きの前髪を掻き上げる様はとんでもない色気で、心臓が止まりそうになる。

でも相変わらず、不機嫌な表情だ。

雪斗はテーブルの上を見ると、鋭い目を更に細めた。

「食事……美味しくなかった？　もし不満があれば、料理長に伝えておくよ。嫌いなものとか、アレルギーはあったっけ？」

「う、ううん……！　サンドイッチ、すごく美味しかったよ。でもさっき、会場で色々食べちゃったから、お腹いっぱいで……残しちゃってごめんなさい」

嘘だ。

お腹は少し空いていたけれど、寝室に用意されていた軽食は、まるで、

『セックスのために腹ごしらえをしておけ』

と言われているみたいで、どうしても喉を通らなかった。

「そう？　ならいいけど……」

雪斗は、あっという間に距離を詰めてきた。

はだけたバスローブの間から、逞《たくま》しい胸筋が覗いている。

少しでも動悸を落ち着けたくて昔の面影を必死で探したけれど、白くてひょろひょろだった幼少期とは、欠片も重なるところがない。探せば探すほど、以前との違いに気付いて、ドキドキしてしまう。

視線の圧を受け止めきれず、夜景を見るふりで背を向けてみたものの、すぐに後ろから抱きしめられてしまった。

「っ……！」

「……なんでそうやって、逃げるの？　やっぱり、嫌になった？　円香ちゃんから誘ってきたのに」

両腕で閉じ込められたまま、耳元で囁かれるだけで全身にビリビリと痺れが走って、身体が震えてしまう。

「さ、誘ってきたのは……ユキくんでしょ。それに、嫌だったら、抵抗してる……」

「……そうだよね、もう他の男に気持ちいいこと教わって、幸せにしてもらったんだもんね？」

　声変わりした低音は冷たく、見知らぬ他人のようだ。

　表情を確認したかったけれど、窓ガラスに映り込む雪斗の顔は夜景の光と重なってよく見えない。

「そ……そうだよ。言ったでしょ、そのくらい……」

「円香ちゃんは、気軽に誘ってくる子とは違うと思ってたのに」

「ひぁ、っ……」

　責めるように耳を噛まれて、そのまま千切られる予感に竦み上がる。

　けれど軟骨に優しく歯が食い込んだ後は、唇で食まれ、舌が耳の中に滑り込んできた。

「ぇあ……!?　ぁっ……！　や……、耳、は……くすぐった……」

　全身がぞくぞくっと痺れて震え上がる。

　思わず押しのけようとした手を取られ、振り向かされた。

　長い睫毛《まつげ》に縁取られた瞳が、どんな変化も見逃すまいとばかりに見つめてくる。

　顔が熱い。きっと真っ赤になっている。

　電球色の間接照明だけだから、気付かれていないと思いたい。

「そ、そんな、見ないでよ」

「ごめん。でも……この二十年想像してたより、ずっとずっと……綺麗だから。もっとよく見たい」

今日まで、男性から『綺麗』だなんて言われたことはない。

ただの雰囲気作りだとわかっていても、つい真に受けてしまって、動揺を苦笑で隠す。

「……ありがと。女の子喜ばせるの、ほんと、上手になったんだね?」

雪斗は悲しげに目を細めた。

何か言いかけて――でも、諦めたように口を閉ざした。

静かに、どこか怯えた様子でゆっくりと顔が近付いてきて、覚悟をして息を止める。

初めてのキスは、想いあう恋人とするものだと信じて疑わなかった。

でも、違和感や嫌悪感は一切ない。

心の通わない、形だけのキスのはずなのに、柔らかい感触と優しすぎる触れ方に、知らない愛しさと感動が込み上げて驚いた。

――よかった……。

――どんなに見た目が変わったって、やっぱりユキくんは、ユキくんのままなんだ。

――喋り方も、笑顔も。昔から、この感触や触れ方と同じくらい優しくて。

――おかげで私は、毎日ユキくんの部屋で、寂しい気持ちを癒やされてたんだから……。

「っ……、ふ、っ……」

分厚い舌が入ってきて、きゅっと身体に緊張が走る。

それをわかっているのか、雪斗の両手が腰を引き寄せて、逃がす気はないと伝えてきた。

「ん、っ……」

舌と舌が吸い付くような感触に、心から求められていると誤解してしまいそうで、ちょっと怖くなる。

――私も舌、動かした方がいい？　じっとしてた方がいいの？

――ユキくんを、気持ちよくしてあげたいけど。

――どうしよう、わからない……。

意識すればするほど唇と舌が強張って、慣れたふりどころではない。

でも雪斗は訝《いぶか》しむこともなく、顔を傾け、キスを深めて、舌先で溶かすように愛撫してくれた。

「っん、ぁ……ぅ、……」

雪斗は口内を隅々まで愛撫しながら、腰のくびれを撫ではじめる。

バスローブ越しに脇腹を擦られたり、背骨を上下に辿られると、次第に身体の奥にまで作用して、あっという間に息が上がった。

「っ……ぁ……ユキく、それ、っ……んんっ……！」

顔を逸らして、待ってと伝えようとしたのに、すかさず唇にかぶりつかれてしまう。

――なんで……？　撫でられてるだけなのに、変……。

「ん、……ん、っ……！」

舌と舌の摩擦が生じるたび、無意識に甘い鼻声が漏れる。

じわじわと体温が上がって汗ばみ、緊張が解けて、とうとう膝から力が抜けはじめると、雪斗の腕が力強く支えてくれた。

――なに、これ……。キスって……ただの触れあいだと、思ってたのに……。

――頭の中、ふわふわで、ぽーっとして……舌も唇も、擦れるの、きもちいい……。

――こんなの、ずっと、続けられたら……。

――へんに、なる……。

どのくらい続いたかわからない。

いつの間にか与えられる感触に夢中になり、自ら舌を差し出し、雪斗の背中に縋り付いていた。

そんな円香の変化に気付いたのか、雪斗の触れ方は次第に遠慮がなくなって、息苦しさに仰け反っても、すかさず身を乗り出してくる。

しばらくは受け止めようと努力したが、思うように息を吸えず、震える指でバスローブを引っ張ると、ようやく離れてくれた。

「っは、っは……はぁ、ぁ……」

頭がぼうっとして、身体が熱い。

舌先と唇が、じんじんと痺れている。

「……はじめてなのに……一緒に見た漫画より、エッチなキス……しちゃった……」

「ん、っ……！」

雪斗の声が遠い。涙で霞んで、どんな顔をしているのかも認識できない。

濡れた唇の上を、雪斗の指が滑っていく。

「円香ちゃん、俺のキス……ちゃんと、気持ちよかった？　下手じゃない？　……円香ちゃん？」

「んぁ……、な、に……？」

舌にはまだ雪斗の感触と痺れが残っていて、上手く動かない。

甘い余韻に犯されている円香は、気付けなかった。

雪斗が子供の頃と同じ、自信に欠けた瞳で、おずおずと見下ろしてきたことには。

そして自分の蕩けた顔が、雪斗に過剰な自信を与えてしまったことにも。

「っ……、キスでぽーっとしてるの、可愛すぎる……！」

「ふぁ、っ……！　ぁ……!?」

突然、耳元から首筋にかけて、甘えるように繰り返し吸い付かれてよろめき、ガラス窓に背中がぶつかった。

鼻先を擦りつけ、すんすんと匂いを嗅がれ、歯を立てて甘嚙みされると、きゅうっとお腹の下が引き攣って体温が上がっていく。

「っ……！　だめ……あと、つけないで……っ、こ、恋人同士じゃ、ないんだし……！」

家に帰って、万が一父の目に留まったら、また動転しかねない。

押し返すと、雪斗は思い詰めた表情で言った。

「……キスマークすら嫌なの？　本当にただ、セックスして、気持ちよくなりたいだけ？」

「そ、そんな言い方……きゃああっ!?」

雪斗は突然屈み込んだかと思うと、円香の腰をひょいと抱き上げた。

落ちる——と身構えたのに、やすやすと左肩に担がれて、ベッドに下ろされる。

「っ……、なっ、なっ……」

何が起きたのかわからなかった。

だって昔は、円香の方が雪斗を背負えそうなくらい細身だったのだ。

雪斗もベッドに上がると、スプリングが、ぎしっと微かに音を立てる。

円香は思わず、ベッドの上を尻で後ずさった。

「いいよ。円香ちゃんがさっさと済ませたいなら……そうしてあげる。全部、望み通りにしてあげるから」

部屋が薄暗いせいだろうか。

雪斗の目が虚ろに濁って見えるのは。

「あの……違うの、キスマークがダメなのは、そうじゃ、なく……あっ⁉　ちょっと、待ってっ……！」

押し倒され、そのままなんの了承もなくバスローブを脱がされ、下着姿にされてしまった。

ブラジャーまで外されて、押さえ込んでいた膨らみがぷるんと溢れる。

「や、やっ、やだっ……」

慌てて両手で胸を隠すと、雪斗は『なんで隠すの』と非難するように睨んでくる。が、円香の意思を尊重してか、それ以上胸に執着することはなく、今度はがら空きになった下半身に手を伸ばしてきた。

「あ、っ……⁉」

これ以上嫌がるとますます怒らせてしまいそうだし、いずれは避けられないことだ。抵抗の代わりにさりげなく膝を寄せてみたが、あっという間にショーツを脱がされてしまった。

「……ほんとに、慣れてるんだ。キスして撫でてあげただけなのに、もう濡れて、糸引いてる……」

「っ……⁉」

キスに気を取られて気付かなかったが、言われてみれば、茂みの奥に濡れた感触がある気がする。

自分ばかり暴かれる恥ずかしさに、ぐっと涙が込み上げた。

「ゆ、ユキくんも、脱いでよ。私ばっかり、恥ずかしい、よ……」

片手を雪斗のバスローブに伸ばすと、彼は円香の下着を投げ捨てて手首を掴み、ベッドに縫い止めてきた。

「っ……ユキくん？」

「嫉妬でどうにかなりそうだけど……待たせた俺が悪いんだよね。でもこれからは、身体も心も、全部俺が満たしてあげるから」

「え……？　なに？　何言ってるの……？」

先ほどから、ふーっ、ふーっと、昔聞いた、発作が起きる寸前のような呼吸音がしていることに気付いて心配になる。

でも、雪斗の股間がバスローブを押し上げるほど隆起しているのが目に入った瞬間、頭が真っ白になった。

「あ……」

――……？　何……あれ……？

――もしかして、興奮、してくれてる……？

――え、でも……、……あんなに目立つものなの……？

一体何がどうなったらこんなに飛び出てくるのか、理解が追いつかない。

股間に釘付けになっていると、息を荒げた雪斗が今度は両脚を掴み、膝を思い切り開いてきた。

「きゃああっ!? や、やだっ、そんな……ああっ!?」

慌てて閉じようとすると、力強く胸の方へ押さえ込まれて、おむつを替えてもらう赤ん坊のような格好になってしまう。

「やだ、やだっ……! なんで……やだってばっ! はなしてよっ!」

あまりの恥ずかしさに、もう、なりふり構っていられなかった。

全力で雪斗の手を引き剝がそうとしたが、彼はびくともせず、露わになった場所を凝視してくる。

「なんで? 他の男には見せたのに、俺は駄目なの?」

「っ……な、な、何度したって、恥ずかしいものは、恥ずかしいの! そんなところ見ながら話さないで!」

「……そう。そんなに何度もヤったんだ。じゃあ前の男が汚したところ、全部綺麗にしないとね……」

「え……?」

陰部を見据えたままの瞳は、昏く虚ろだ。

円香はそれを、強烈な怒りだと誤解した。

恐怖で抵抗をやめると、雪斗は広げた脚の間に屈み込んで、内腿に吸い付いてきた。

「あっ!?　ぁあぁ……っ!?」

太腿を齧られ、舌で舐められ、また齧られる。

少しずつ唇が陰部に近付いてきて、茂みのすぐ近くをぬるぬると舌が這って——刺激を予感してひくついた陰部に、ふうっと息を吹きかけられた。

「ひゃ、ぁっ……！」

腰がびくついたが、内腿を押さえつけられているせいで、恥骨が微かに前後するだけだ。

「すごいね、真っ赤に充血しちゃってる……。敏感なところも、大きくなってるみたい。安心して？　優しく、気持ちよくしてあげるから」

「なにっ……、なに……あ！　ふぁ、ぁあぁ……!?」

隘路に舌を押し当てられて、小陰唇の間に絡んだ愛液を掬うようにほじられた。

舌の動きも感触も捉えどころがなくて怖いのに、身体はぐんぐんと熱を持ち、汗が滲みはじめる。

「ぁ……、っ……あ……!?」

近くにあった枕を摑み、なんとか未知の感触に耐えていたのに、舌先で陰核を捉えられた瞬間、全身が跳ね上がった。

「ひぁっ⁉　あっ……⁉」

「ああ……やっぱりここ、女の子は大好きなんだ……こんなちっちゃいところで気持ちよくなっちゃうの、可愛い……」

初めてでもないだろうに、雪斗は感動的な様子で呟くと、無邪気に舌先でつつき回してくる。

「あっ、あぁぁっ⁉　なに、っ……そこ、や、っ、あぁあっ！」

刺激を受けるたび、全身に未知の痺れが走り、びくびくと仰け反った。

痺れを快楽だと認識した瞬間、それは倍に倍にと膨れ上がり、息が乱れ、媚びるような声まで漏れてしまう。

「軽く触るだけで、どんどん溢れてくる……そんなに欲求不満だったの？　前の男と別れたのはいつ？」

「っ……、……そ、そんなの、ユキくんに……かんけい、な……」

「教えてくれないの？　じゃあ優しくするのやめよっか」

「え……ぁああぁっ⁉」

雪斗は硬くさせた舌を押し付けて、ざらざらと陰核を扱いてきた。

強すぎる刺激に背中が仰け反り、悲鳴が溢れてもなお擦られて、次第に皮が捲れ、剝き出しの突起を容赦なく嬲《なぶ》られる。

「ぁあっ、ぁあぁあ……！　いやっ、ぁ、それ、っ……なに……なっ……!?　だめっ……さわっちゃ、だめなとこ、っ……」

逃れようともがいているのに、動けば動くほど雪斗の指が内腿に食い込み、脚を大きく開く形で固定されてしまう。

「どんどん膨らんで、硬くなってくる……もっと擦って、って言ってるみたい」

やっと舌を離してくれたかと思いきや、彼は勝手なことを呟いただけだった。

またすぐにぱくりと唇に含まれ、じゅるじゅると下品な音が立つほど啜られる。

「あっ、ぁあ……！　んんんん……っ！」

どんなに悶えても、口の中で扱き続けてやめてくれない。

しばらく続けられると膣がひとりでに痙攣《けいれん》をはじめて、愛液がシーツまで滴り、腰が勝手に前後して止まらなくなった。

「ぁあ、ぁ、っ……だ……め……っ、なんか、へん……へんな……っぁあ、あ……！」

痛みを覚えるほど陰部が疼いて、爪先が宙を蹴る。

全身から汗が噴き出し、膣がひときわ強く収縮して――一線を越えた感覚が訪れてもなお、雪斗の舌は止まらない。

「あ、っ、あ……！　あー……!?」

不規則な痙攣で、円香の変化は伝わっているはずだ。

けれど雪斗は小さな花芯に執心し、余韻すら与えない勢いでむしゃぶりついてくる。

「ぇあ、っ、ぁう、ぁあー……ユキく……やだ、っ……や……っ……やら、ぁあぁ、あ、また、また……ぁ……、っ……！」

力なく泣き喘ぎ、その間にも、爪先が繰り返しぴんと引き攣った。

何度やめてと懇願しても無視されて、頭を押し返してみてもびくともしない。

「あっ、あっ……！　ひぁ、あっ……！」

快感で痺れた指先で髪を引っ張ると、抵抗は許さないとばかりに、じゅるじゅると吸いながら扱かれて、もう何度目かわからない絶頂を迎えた。

初めてなのに。

キスまでは、素敵な雰囲気だったのに。

雪斗なら、きっと優しくしてくれると思ったのに。

自分だけあられもない姿にさせられて、一番恥ずかしい場所を貪られて、やめてと言っても聞いてくれないなんて。

「っひ……っう……やだっ……やだって、いってぅ、のに、なんで、っ……なん、れ……」

円香は知らない天井を見上げながら、行き過ぎた快感を受け止めきれずに涙を流した。

限界を迎えた身体が、汗で濡れたシーツに沈みはじめる。

——ユキくんは……無視なんて、ぜったい、しなかったのに……。

——ひどいこと、する子じゃ、なかったのに……。

——私、そんなに嫌われること、しちゃった……？

「あ……、ぁ……、っ……」

声が掠れ、喘ぐことすら困難になって、やっと気付いた。

じゅく、じゅる、と吸い上げる音に重なって——喘鳴《ぜんめい》に近い呼吸音が続いていることに。

さっきも息が乱れていたことを思い出して、一気に血の気が引いた。

「あ……、……だめ……」

昔は、外に出られないほど酷かった喘息だ。

元気になったとはいえ、こんなにしゃぶり続けていたら、息ができなくなってしまう。

円香はびくびくと震えながらも、ほとんど反射的に、昔見た吸入器を求めてナイトテーブルの上を見た。が、そこにはシェード付きのランプがあるだけだ。

「ユキくん……っ、ね……まって……呼吸……もっと苦しく、なったら、たいへんだから、はなれて……、ぁんっ……！　あッ……！」

心配すら抵抗と捉えられたのか、舌先で陰核の根元を擽《くすぐ》られて腰が浮く。

自分の愛液か、はたまた雪斗の唾液が、浮き上がった臀部とシーツの間で、体液がねっとりと糸を引いた気がした。

「んぁ、ぁあ、ぁー……！」

びくびくと震えながらまた達して、雪斗の頭に触れたままになっていた指が、ぎゅうっと強張った。

髪を引っ張られて顔を上げた雪斗は、『どうして邪魔するんだ』とばかりに忌々しげな様子で円香を見下ろしてくる。

「っ……は……ぁ……、っ……だいじょう、ぶ……？　息……苦しく、ない？」

心配が、愛撫の余韻を上回った。

今や雪斗の呼吸は、発作が起きる直前のものよりもずっと乱れているのに、顔色一つ変えず、手の甲で濡れた鼻先と唇を拭う。

その仕草は少し野蛮で、全く雪斗らしくない。

その上、下半身は、先ほど以上に存在感を増しているように見えて。

「円香ちゃん……」

シーツの上でくしゃくしゃに乱れた髪を撫でられた。

この先の行為を意識させる、淫靡な手付きで。

「今もそんな心配してくれるなんて、優しいんだね……。でも俺、元気になったんだよ？　昔の俺とは違うの、まだわからないのかな？」

「あ……」

昏く色付いた眼差しに射貫かれて、ふるふると首を横に振る。

肯定と否定、どちらを伝えたかったのか、自分でもわからない。

ただ怖くて、震えただけのような気もする。

「ああ、ごめんね。昔の俺が軟弱だったせいなのに……円香ちゃんを責めたらダメだよね……。これ以上心配させたくないから、今日は舐めるのは、ここまでにしてあげる」

「え……？　あっ……！」

広げられたままの脚の間を、今度は指先で辿られた。

小陰唇や膣口を撫でられたかと思うと、そのままゆっくりと指が入り込んでくる。

既に雄を求めて疼いていたそこは、初めての異物を喜んで受け入れて、摩擦を堪能するように締め付けていた。

「ふぁ、あ……！」

奥まで滑り込んできたかと思うと、もう一方の手で陰核を撫でられる。

「あっ……！　そこ、っ……ぁあっ……」

「ふふ、こっちを撫でてあげると、きゅうきゅう絡みついてくる……。もしかして、一本じゃ足りない？」

「え……あ、ぁあ……！」

すぐさま二本目を捻じ込まれて、でも溢れた涙は、新たな快感によるものだった。

指が中で蠢《うごめ》いて、真剣な目とかちあう。

反応を観察されているのだと気付いて、恥ずかしさに顔を背ける。

けれど雪斗は、微かな呼吸の乱れすら見逃さず、円香も知らない弱いところをじわじわと暴いてきた。

「あ……、あっ……そこ、おさな……おさないで、っ……おしちゃだめ……だめっ！」

「お腹の……ここ？　こりこりしたところ、気持ちいいの？」

「っあ、っぁ、あ……!!」

否定したかったのに、爪先がきゅっと丸まって、雪斗に真実を伝えてしまう。

陰核を虐められた時の過激な刺激とは違って、ゆっくりと確実に絶頂へ押し上げられて怖くなる。

「ああ、すごい。まだ触ってないのに、胸の先も硬くなっちゃってる……」

「あぁ、あ……」

片手で、汗ばんだ膨らみを撫でられた。

大きさや柔らかさを確かめるように揉み込まれて、けれどその先で疼いている胸の先には、決して触れてくれない。

「胸、昔はまっすぐだったのに。すごく成長してる。綺麗……」

「っ……うそ……別に、綺麗じゃ、ない……」

円香は自分の胸があまり好きではない。

無駄に大きなせいで重たいし、どんな服もシルエットが不格好になって着こなせないのだ。

「なんで？　柔らかくて、でも先っぽだけ真っ赤になってて、可愛いのに」

「あっ……!?　あぁあ……！」

ようやく胸の先を摘まれると、驚くほど甘い痺れが駆け抜けて、ぎゅううっと身体の中の指を締め付けてしまった。

「あ、あっ……!?　やだ、そこ、や、ぁあ、ぁあぁ……！」

「っ……胸の先、そんなに、気持ちいいの……？」

雪斗は探るように乳首を摘まんだり弾いたりしながら、中に入れた指で、再びお腹側を擦りはじめる。

身体の中で快感が繋がり、増幅されて、頭の中があっという間に白く霞んだ。

「ぁあ、あ、あー……あー……！」

何度目かの絶頂にガクガクと震えて涙さえ零しているのに、差し込んだ指の手の平で陰核まで捏ねて、更に攻め立ててくる。

「あー……！　あ……！」

「誰にこんなに開発されたの？　初めてしたのは、何歳の時？　どんな奴？　格好良かった？　俺よりそいつが好みだったの？　俺との約束なんて忘れるほど、良かった？」

呼吸が苦しくて、『気持ちいい』でいっぱいで、何も頭に入ってこない。

辛うじてわかったのは、やっぱり怒らせてしまって、責められているということくらいで。

「っあ……も、謝る、から……ごめんな……まってっ、ゆび、やめて、や……っ」

「俺だって嫌だよ。前の男より、いっぱい、いっぱい気持ちよくしてあげたい。全部俺で、上書きしたい……っ」

とうとう三本目の指が入り込んできて、広げられた膣口が熱を持った。

「っ……、ああ、あー……!」

痛みを覚えたのは、ほんの一瞬だ。

苦しいのに満たされて、どろどろと愛液が溢れて止まらない。

「あー……、あー……!」

お腹の中を指で何度も捏ねられ、凝った乳首をぎゅうっと摘まれて、涙と汗と涎を流しながら、ひたすら啼くことしかできない。

指が少し出入りするだけで、粘膜がずりずりと擦れて、その刺激でまた達してしまう。

酸欠で朦朧とし、壊れた人形のようにびくつくだけになると、雪斗はやっと指を抜いてくれた。

「あ……、ぁ……、あ……っ……」

愛撫は終わったのに、腰がびくびくと前後し続けて止まらない。

震えながらも、チーズみたいに蕩けた身体が、シーツにへばりついていく。

乾いた音がして、雪斗に視線を滑らせた。

全てを脱ぎ捨てた雪斗が——股間のあたりで何かを握って、指に絡んだ円香の愛液を塗り込むように前後に動かしている。

何を持っているのかわからなくて、雪斗を、ぼーっと見つめる。

何度か瞬くと、涙でぼやけていた視界がはっきりしてきた。

薄らと汗ばんで光る滑らかな肌に、太くしなやかな長い手脚。

雪斗が息を吐くたび、逞しい腹筋が浮き上がり、胸筋が上下する。

そして、腰のあたりで動く手が握っているものは——。

「あ……、……え……？」

王子様然とした、高貴な印象とは正反対の、生々しい形。

全く別世界のものをかけあわせたみたいで、脳が上手く情報を処理できない。

が、雪斗は円香の理解など待たず、どこからか取り出した避妊具を慣れた手付きで装着した。

「あ、っ……」

だらしなく開いたままの膝を再び胸の方へ押し付けられ、これから何が起きるのか理解して——快感を覚えたばかりの膣が、本能を露わにひくついた。

「あ……ユキ、くん……」

もう、雪斗がわからない。

と同時に、唯一知る男性が、雪斗で良かったと思っている自分がいた。

——たとえ……昔とは、変わっちゃったとしても……。

雪斗のおかげで自分の醜さに気付いて、与えられた人生を受け入れて頑張ろうと思えた。でなければ、自らの環境や親を恨み続けて、もっと酷い人間になっていたかもしれない。

そして、雪斗との思い出は唯一の幸せで、人生の励みだった。

その彼に一晩でも喜んでもらえるなら本望だ。

そう思いながらも、つい弱音が零れてしまった。

「ユキくん……い、痛いの、だけは、しないで……」

「俺がそんな、酷いことをすると思うの?」

泣きそうな顔が近付いてくる。

眠り姫を起こすような優しいキスは、少しずつ淫らなものへ変化して、広がった膣口に、確かな硬さが押し当てられた。

「っ……、ん、っ……」

いつ入り込んでくるかわからない緊張で、全身が強張る。

息を止めて、この先に待ち受けているであろう痛みを耐えようとした。

「円香ちゃん……頑張って、気持ちよくするから。そんなに怯えた顔、しないで」

「お……大きくて、ちょっと……怖い、だけ」

何が嬉しかったのか、雪斗は一瞬目を丸くした後、ふにゃっと破顔した。

——あ……。

——よかった……私の知ってる、ユキくんだ……。

昔の雪斗を感じるだけで、自然と身体の緊張がほどけて、恐怖が凪《な》いだ。

「な、なんで……笑うの……？」

「だって……他の男より、大きいってことだよね？　女の子からしたら、くだらないことだろうけど……少しでも、魅力的だと思ってもらえた気がして」

ちょっと気まずくて答えに詰まった。

正直、大きさの違いなんてわからないのだ。

でも雪斗が喜んでくれると、円香も嬉しくなって、散々追い詰められた身体が更に疼いてしまう。

「頑張って、円香ちゃんの好きなところだけ突いてあげるね……」

「っ……、そんなの……、い、いい、から……」

雪斗の首に腕を回して先を促すと、腰が近付いてくる。

「駄目だよ……他の男なんて忘れて、俺のことしか、考えられなくなってほしいから」

鈍い痛みが走り、思わず爪を立てたが、指で慣らされた場所はやすやすと広がって、貪欲に雪斗を受け入れていく。

「っあ……、っ……！　ぁ……！」

「円香ちゃん……っ……すっごく、あつくて……きつい……」

雪斗は何度も大きく息を吐き、痛みを耐えるように顔を歪ませた。

反射的に雪斗の頭を撫でていたのは、昔、苦しんでいる雪斗を慰めて励ますのは、自分の役割だったからだ。

「ユキくん……だい、じょうぶ……？　気持ちよく、ない……？」

「っ……なんでまだ、俺を心配するの？　今度は俺が幸せにしてあげるって、何度言ったら、わかってくれるのかな……？」

「あ、っ……！」

手を握られ、シーツに押さえつけられる。子供の頃からは考えられない力強さに、いつまで思い出を引きずっているんだ、と笑われた気がした。

成長したことを突きつけるように腰を突き出され、力強く脈打つ杭で、ぐりぐりと奥を抉られる。

「あ、ああ、あー……！」

もうこれ以上深くは入らないと思ったのに、指では届かなかった場所を犯されて、目の奥に閃光が弾けた。

雪斗が微かに腰を揺らすたび陰核が擦れ、全身が陸に打ち上げられた魚のように跳ねる。

「ひぁ、っ、ぁあ、あ……!!」

「う、っ……!」

膣が硬い陰茎にみっちりと絡みついて収縮すると、雪斗が低く唸った。

頭の中が真っ白になって、息が止まって──雪斗が手を押さえつけてくれていなかったら、快感を受け止めきれずに、彼を殴るか、引っ掻くかしていたかもしれない。

「あ……っ、あ……っ、ユキ、くん……、なに……なに、したの……っ……」

「入れてあげただけなのに……ふふっ……そんなに、気持ちいい？」

円香は、がくがくと頷いた。

心臓は爆発しそうなほど激しく脈打っているし、下腹部がいっぱいいっぱいで苦しいのに、信じられないほど満たされている。

「っ……はぁ……可愛い……嬉しい。この先、円香ちゃんを抱くのは俺だけだから……俺の形、ちゃんと覚えてね？」

「え……？　あ……」

ちゅっと額にキスをして、雪斗がゆっくり腰を引いた。

「ひぁ、あ……！　ぁああ……！」

狭い上、粘膜が絡みついている分、摩擦が強い。

長い陰茎がずりずりと抜けていく感触だけで、また小さく達してしまった。

指先まで広がる痺れに恍惚としていると、今度はお腹の奥までゆっくりと押し込まれて、爪先が引き攣る。

「ぁあぁあ、ぁ……！　あ……！」

「っ、どう、しよう……、優しくしたいのに……きもちぃ……っ……あ……腰、止まらない……」

雪斗が、喘ぎ交じりに息を継いで、じりじりと腰を上下させる。

身体の中の雪斗が大きさを増し、みっちりと隙間なく犯されて余裕がないのに、愛液のせいで、出入りは怖いほどスムーズだ。

「あぅっ、ぁ、っ……ぁー……！　あー……」

「っ……俺で、気持ちよくなってくれてるの、嬉しい……一緒に、幸せに、なろうね……」

少しずつ速度が速まって、いつの間にか、ぱちゅっ、ぱちゅっと濡れた肌がぶつかりあう音が響いている。

雪斗の動きは明らかに不慣れでぎこちなかったが、もちろん円香はそんなことに気付く余裕はなかった。

ごりごりとお腹を、子宮口を抉られて視界がぶれ、ベッドが揺れる。

繰り返し大きな快楽の波が押し寄せて、頭の中が蕩けていった。

「あ、あっ……あっ……あっ……」

「っは……、円香ちゃん……円香ちゃん……っ、好き……好き……っ、すきっ、だいすき、っ……すき……」

「っ……」

本気の告白なわけがない。

二十年ぶりに再会した瞬間に本気で結婚を持ちかけてくるなんて、ありえない。

雪斗は自分のカリスマ性を自覚している。

どんな女の子だって簡単に籠絡できると知っていて、全て計算済みのはず。

強引に部屋に連れ込んで、大袈裟に口説く行為自体が、その表れだ。

わかっているのに、温かな気持ちが流れ込んでくる気がしてしまうのは、この行為も、甘く愛を囁かれるのも初めてだからだろう。

「円香ちゃん……もう絶対……ぜったい、離さない……俺の、ものだよ……」

雪斗は夢中で腰を振り、耳元や首に吸い付いて甘えてきた。

硬い男根が出入りして、じゅぶじゅぶと泡立った愛液が溢れ、幸せで窒息しそうになる。

——セックスって……愛がなくても……こんなに、しあわせ、なの……？

初めては痛いものに違いないと思っていたのに、全く違う。

気を抜いたら、甘い台詞を信じて、自分まで『すき』と口走って抱きついてしまいそうだ。

「っ……どうしよう……まだまだ、幸せにしてあげたい……出したく、ない……っ、我慢、したいのに……」

雪斗は一体何と戦っているのか、低く唸りながら必死に耐えて、更に強く腰を打ち付けてくる。

「あっ、あ、あー……っ……」

奥を突かれるたび、意識が遠退いていくのを感じた。

息が苦しい。

止まってほしいのに、舌まで甘く痺れて喋ることも難しい。

雪斗は洗脳のように「大好き」を繰り返し、ぶるりと全身を震わせて動きを止めた。

それから、何度か名前を呼ばれて抱きしめられ、頭を撫でられた気がする。

——……よかった……。

——ユキくんも同じくらい……幸せに、なってくれたのかな……？

勝手にびくつき続ける身体を不自由に思いながら、いつの間にか気を失っていた。

でも雪斗はストーカーのごとく、夢の中にまで追いかけてきた。

お城のようなパーティー会場に現れたかと思うと、嫌がる円香に無理矢理誓いのキスをし、『子作りをしよう』だなんて言い出して。

これは夢だ、とわかっているのに、どうしても瞼が開かない。

円香は「うーん……」と魘《うな》されながら、夢の中で、夜明けまで奪われ尽くした。

◇◇◇

「はっ、はぁっ、はっ……、好き、っ……円香ちゃん、だいすき、っ……」

腰を打ち付けるたび、愛液が飛び散る。

雪斗は、耐えるつもりだった。

だって、余裕たっぷりに、格好良く抱きたい。

一番硬い状態で、何度も円香を喜ばせたい。

軟弱だった子供時代とは違って、精力と強壮に溢れる、逞しい男だと思われたい。

けれど、初めて知った女性の感触に、腰が勝手に動いて止まらない。

円香がひときわ深く達した瞬間、飲み込むように媚肉が蠕動《ぜんどう》し、尾骨からぶるりと震えが駆け上がって——気付いた時には、射精していた。

「あ……うっ……！　っ……！」

耳に届いたのは、情けない自分の呻き声だ。

円香の愛らしい声は掠れて、もはや悲鳴にすらなっていない。

粘膜の蠢きに最後の一滴まで絞り取られ、敏感な亀頭をしゃぶり尽くされて、自慰とは比較にならない快感に脳を灼かれた。

「っは……、はっ……はぁ、ぁあ……円香ちゃん……」

ゴム越しとはいえ、初めて種付けを果たした充足感に満たされて、溢れる愛しさのまま、何度も首筋にキスをする。

「大好き……好き……大好きだよ……」

行為が終わってもなお精液をせがんでくる膣の動きは、円香の隠れた本心を現しているようだ。

それに、手探りで反応を確かめつつの愛撫だったのに、すぐにたくさん感じてくれた。

――やっぱり円香ちゃんは、運命の相手なんだ……。

――遊び慣れてるから、感じやすいのかもしれないけど。

――女の子は、興味のない相手じゃ深く感じられないって、女の子向けのエッチな漫画とか小説に、書いてあったし……。

達したばかりなのに、挿入したままの性器はますます充血して、獣さながらに腰を振り立てたくなってくる。

「すぐイっちゃって、ごめんね。俺、まだまだ頑張れるから……！　何度でも、一晩中だって……、……？」

無反応を不思議に思って改めて見下ろす。

一体、いつからだろう。

円香は頭をこてんと傾けて目を瞑り、ぴくりとも動かなくなっていた。

「円香ちゃん……？」

汗で額に張り付いた前髪を耳の方へ撫でてみるが、円香は睫毛を震わせただけだった。

健やかな呼吸の音が聞こえて、胸の膨らみが微かに上下している。

「っ……気を失うほど、気持ちよくなってくれたなんて……っ」

感動のまま抱きしめると、円香は苦しげに息を乱した。

抜かないと避妊具の効果が薄れてしまう。

わかっていても、興奮は収まらない。

――また求めてもらえるように頑張ったけど……円香ちゃんはワンナイトのつもりだろうし。

――明日になったら、帰りたがっちゃうかも。

――それなら、このまま何度も中出しして、俺のモノにしちゃえば……、…………。

雪斗は本気で葛藤した。

『ごめんね、ゴムが破けちゃってたみたい、責任は取るからね』と言えば、もしかしたら、結婚してくれるかもしれない。

——だめだ……結婚のために子供の命を利用するなんて、ただのクズだ……。ここまで忍耐を重ねて頑張ってきたんだから、最後まで誠実に……。

泣く泣く性器を引き抜くと、円香が「ん……」と甘く啼く。

自分に抱かれて、どろどろの状態で無防備に眠る姿を前に、ますます愛しさがつのった。

一向に鎮まる気配のない下半身が、雪斗をせき立ててくる。

「っ……、やっと会えたのに……やっぱり……我慢できない……」

雪斗は隣に横たわって抱きしめて、すんすんと頭皮や胸元の匂いを嗅ぎながら、自らの手で慰めた。

「ごめん……ごめんね……こんな、気持ち悪いことして……。でも俺……円香ちゃんしか……」

家柄も経歴も生粋のエリートで、容姿も知性もトリプルSで、どんな美女も入れ食いの昼間の姿からは、誰一人想像できないだろう。

精通前からたった一人の女の子を崇拝して、自慰のオカズですら、一度も浮気をしたことがないなんて。

——前は円香ちゃんの方が背が高かったのに……すっぽり収まっちゃうの、可愛い……。

――それに、昔は胸、ぺたんこだったのに……。

――おっぱい、大きくて……マシュマロみたい……。先っぽ、しゃぶりたい……。

「っは、っは……っ……う、っ……！」

円香を穢さないよう、片手で飛沫を受け止める。

立て続けに二度吐き出しても鎮まる気配がなく、泣きたくなった。

――再会しただけで勃起しちゃいそうだったから、今朝は念入りに二回も抜いておいたのに……。

雪斗は円香の裸体を視姦し、もう一度抜いた。

その後、湿らせたタオルで円香の身体を清めているうちにムラムラして、シャワーを浴びながらまた抜いた。

一時の満足に浸りたくなったが、問題はここからだ。

念願の再会を果たしたとはいえ、結局は都合のいい棒として求められただけのこと。

円香の東京滞在中に心を振り向かせることができなければ、結婚は難しいだろう。

でも、二十年かけて手に入れた健康な身体とキャリアをもってしても全くなびく様子がなかったのに、たった数日で、一体どうやったら気を引けるのか。

冷静に考えるほど追い詰められて――いても立ってもいられず電話をかけた。

「良平！　どうしよう、やっと円香ちゃんと会えたのに――」

『あー、ちょい待ち、今三次会のカラオケで、周りがうるさくてさ』

良平の声の向こうから、調子外れの歌声が聞こえてくる。

彼が移動する気配があって、バタンという音と共に静かになった。おそらく部屋を出たのだろう。相談を続けようとすると、良平が陽気にまくし立ててきた。

『お前ほんっと律儀だな～。このタイミングで礼なんていいって！　栗原と二人で二十年分のあれやこれやを、くんずほぐれつ伝えあってろよ。実は俺もさっき、色目使ってきた子がいてさぁ～。いや浮気願望なんてないけど、俺も男としてまだいけるのかなって自信つくというか～』

「良平――良平、」

相当酔っているのだろう。何度名前を呼んでも止まらない。

『あ、でも今度焼き肉奢りな！　同窓会の幹事を引き受けたのも、頑なに興味ないって断ってきた栗原をしつこく誘ったのも俺！　俺のおかげ！　今日だって栗原引き止めて、お前のこと持ち上げといたしさー』

「え……待って。何？　持ち上げるって、どう……」

『そうそう！　言い寄られまくりで、女の子はよりどりみどり、ってさ。あーあと、全く言い寄ってこない女を追いかける方が好みだって！　我ながらいい感じの匂わせだろ？　栗原、「アイドルみたい！」って目ぇ丸くしてたぞ～！　やっぱほら、人気者ってのは、それだけで魅力が数倍増しだしさ。もちろん、ひょろひょろだった幼馴染みが色男に成長してるってだけでも、ときめくだろうけど――』

良平は饒舌《じょうぜつ》に手柄の披露を続けている。

雪斗は額に手をあてて長い溜息を吐き、応接間のソファーにぐんにゃりと横たわった。

――良平のせいで、軽い気持ちで誘ったと誤解されたんだ！

そう叫びたくなるのを、なんとか飲み込む。

――確かに、『全力で協力して！　お願い！』とは頼んだけど……。

――いや、親友のせいにしたらダメだ。俺の努力と魅力が足りなかっただけなのに……。

元々円香と親しく、毎日公園で遊んでいたらしい良平は、雪斗が学校に通うようになって、初めてできた友達だった。

中学に進学し、円香からの連絡が途絶えたショックで再び体調を崩した雪斗を見かねて、折に触れて円香と連絡を取り、彼女の状況を教えてくれたのも良平だ。

そして円香と再会し、結婚するために計画した今日の大規模な同窓会の幹事まで、快く引き受けてくれた。

なぜ同窓会かといえば、フェードアウトされて縁が切れた以上、正攻法でのアプローチより、自然な再会を演出した方が勝率が高いだろうと考えたのだ。

ちなみに、副支配人の杉本も協力者だ。

円香への想いを語り、成就するようにサポートしてほしいと頼んだところ、

『女性の影が全くないから、ゲイかしらと思ってました！　二十年も一人の女性を想い続けてきたなんて、素敵！　もちろん全力で応援します！』

と、喜んでくれた。

ただ、寝室にコンドームが用意されているのを見た時は、

――再会してすぐ自室に連れ込んで、え、えっ、エッチなんて……！

――積もる話をして一緒に過ごせたらいいなって思ってるだけなのに……！

と一人で狼狽《うろた》えたけれど、結果的に彼女のおかげで引き留められたと考えると、感謝してもしきれない。

――まあ、もしコンドームがなくても、軟禁はしてたけど。

貴重品も着替えも靴も取り上げたから、円香は簡単にはホテルを出られない。良平の力を借りて、作戦を練る時間は十分にある。

『てかさー、色目使ってきた子以外にもやたら連絡先渡されて、パーティーだか合コンだか開いて！　って言われてさぁ。もしかしてお前、また俺に押し付けた？　毎回お前来なくてクレーム受けるの俺なんだぞ。いや、幹事好きだしなんだかんだ毎回カップル生まれてるからいいんだけど』

「良平――良平、ストップ！　聞いて！」

『お、おう？　なんだよ』

「あのね、円香ちゃん、他人みたいに余所余所しかったんだよ」

『えっ、それはないだろ。確かにお前のこと覚えてないっぽい感じはあったけど、それは見た目が変わりすぎてたからで、』

「違うよ、あからさまに避けられた。それに良平は、『円香ちゃんは結婚の気配がないから安心しろ』って言ってくれてたけど……他の男と、経験があったみたいで……」

『あー……そりゃまあ……俺だって密に連絡取ってたわけじゃないし、細かい付き合いまではわからないって。つか今時、お前の貞操観念と同レベルの子はいないし、この歳まで独身だった幸運に感謝した方がいいと思うぞ』

　勝手に円香を神聖化して、都合よく『未婚＝処女』と解釈していたのがいけなかったのだろう。

　雪斗は溜息を飲み込んだ。

「……そうだよね。とにかく、強引に引き留めたら迷惑そうな顔されて、早く帰りたがって……。ずっと一緒にいようって約束したことだけは覚えてると思ったのに、」

『待て——待て待て待て』

　今度は良平に遮られた。

『まさかそれ聞いたのか？』

『結婚の約束がどうたらってやつだよ！　初手でそれはキモすぎるから絶対やめろって言ったよな⁉』

「そうだけど……だって……だって、俺の顔を見ることすら嫌そうだったから、不安になって」

『なら余計に言うなよ！』

「む、無理だよ！　やっと会えたのに、告白もせずに、たった数分の会話で終わるところだったんだよ⁉　思い出してくれたら少しは違うかもと思って、でも全然忘れちゃってたみたいで、」

『あのなぁ～……！　ガキの頃の約束なんて覚えてるわけないだろ！　てか覚えてたとしたって、再会直後に結婚なんて持ち出す奴があるか！　頼むから冷静になれ……！』

「でも……でも円香ちゃんは、約束を忘れるような子じゃないから……」

円香を庇うと、良平は『いや、そこじゃねぇよ……』と呻き、長い長い溜息が続いた。

『あのさぁ……一足飛びでエリートコース乗って、興味のない美女には賢者モードのパーフェクト対応で心臓鷲掴みなのに、なんで栗原のことになった途端バカになるんだ⁉　接客業なんだから距離感読むの得意だろ⁉　活かせよ‼』

「……そう言われたって……円香ちゃんは特別だから……」

雪斗が好きなのは、女でも、男でもない。〝円香〟という名前のついた、唯一無二の、特別な生き物なのだ。その他の雌と一緒にしないでほしい。

『いいか、普通にデートに誘え。無難に観光案内しろ！　まずは今のお前をわかってもらって、もう一回友達になるところから。な？　ほら、お前のお気に入りの場所とかさ。栗原、お上《のぼ》りさんだし。観光地なら大抵のところは喜んでくれるだろ。満足してもらうハードルは相当低いはず』

「……デート……お気に入りの場所……」

雪斗はわずかな希望を見出し、繰り返した。

良平の言葉には重みがある。

なぜなら彼は、好きな女性を射止めた既婚者だ。

雪斗からすると人生の成功者で、大先輩なのである。

「確かに、良平の言う通り……。今の姿を見てもらいさえすれば元気になったって伝わると思ってたけど、体調心配されちゃったし……。まだまだ、成長したことが伝わってないのかも」

『ほら。な？　栗原の中で、お前は二十年前のままなんだって。……っていうか、栗原は今どこにいんの？』

「寝室だよ」

『…………は？　何？』

「俺の寝室」

『………………………は？』

「う……良平は知ってるだろ。俺が童貞だったたって。寝顔見たらまたムラムラして襲っちゃいそうだから、今は応接間から電話してる」

『はあ〜〜〜!?　またって……またってなんだよ!!　童貞だったた!?　一発ヤった後かよ！！！！　アホらし、もう切る』

「ちょちょちょ、ちょっと待って！　引き留めるには、誘いに乗るしかなかったんだよ！　俺は相思相愛の上での初夜を思い描いてたのに、遊びならって言われて。だから荷物を取り上げて……あれ？　あれ……良平？　良平!?」

　通話は切れていた。

　でもやはり、持つべきものは親友だ。

――良平の言う通りだ。

――会えばすぐに昔のように、なんて、俺の怠慢でしかない……！

　今日まで仕事一筋だった雪斗にとって、お気に入りの場所といえば一つだけだ。しかも、自分が元気になったことをアピールするにも絶好の観光地。

——あそこなら……きっと円香ちゃんも、今の俺を見直して、『かっこいい！　素敵！　結婚して！』って思ってくれるはずっ……！

すぐに副支配人に連絡して準備を頼み、明日に備えて別室で眠ろうとして——一日寝顔を見たいという気持ちを抑えきれず、寝室に忍び入った。

眠る円香を起こさないよう隣に横たわり、顔を覗き込む。

「円香ちゃん……」

子供の頃の寝顔と今の彼女が重なって、頬が緩んだ。

円香は、雪斗のベッドで寝てしまうことがたびたびあった。

円香の寝顔を見るのが好きだった。

ドキドキして、今と同じように隣に横たわって、寝顔を見つめて——惹かれる気持ちのまま頭を撫でて、手を握った。

性の衝動を教えてくれたのも円香だ。

円香の匂いや声や感触に反応し、形を取りはじめた下半身を慌てて毛布で隠したのは、一度や二度のことではない。

自分の身体に何が起きているのかわからなかったけれど、帰ってほしくない、ずっと部屋に閉じ込めておきたい、ぎゅーっと抱きしめたい、と何度も願った。

あの頃は、円香だって同じ気持ちだったはずだ。

だって、日が暮れはじめて帰宅の時間が近付くと、彼女はいつも悲しげに窓の外を見て、

『また明日も来ていい？』

と泣きそうな顔で振り向いた。

「円香ちゃん……もう、どこにも帰る必要はないから……」

二十年前、下半身の疼きは、幼い雪斗に混乱をもたらした。

でも今は、これが愛情の証だということも、自分の為すべきことも明確にわかっている。

昏々と眠る円香を見ていると、ずっと心の支えにしてきた記憶が蘇った。


雪斗は生まれつき病弱で、小児喘息を患っていた。

五人兄弟の中で、四男の雪斗だけが公立の小学校に通うことになったのも、自宅から近ければ、何かあった時すぐに家族や使用人が駆け付けられるからだ。

自分も受験をして、兄たちと同じ学校に行きたかった――当時はそう思ったし、弟が私立の小学校に入った時も、幼いながらに劣等感を覚えた記憶がある。

が、親の判断は正しかった。

入学早々、教室で酷い発作が起きたのだ。

翌日から『学校に行くとまた息ができなくなる、今度こそ死んじゃうかも』という恐怖で動悸や吐き気に襲われ、更には母親の病死を引き摺っていたこともあって、ストレスから頻繁に発作が起き、不登校に陥った。

そんな時だった。

クラスメートの円香が、学校に置き忘れていたノートを届けてくれたのは。

席が隣だっただけで、特別仲が良かったわけではない。

なのに円香を出迎えた使用人は、引きこもった雪斗を心配してくれていたのだろう。わざわざ雪斗の部屋に案内して、焼いたばかりのクッキーを振る舞ったのだ。

正直、迷惑だった。

ノートなんてどうでも良かったし、円香が恐縮しつつおやつを食べて、『わあ、おいしい！　手作りの、はじめて』と笑顔になったのを見て、『早く帰れよ』なんて最低なことを思った。

まだ母親の死が影を落として、家の空気が重苦しかった時期だ。

思うようにならない身体への苛立ちもあって、酷く心が荒《すさ》んでいた。

兄たちに体調を気遣われることすら煩わしく、まだ小さな弟にすら時々冷たくあたってしまう始末で、他人の笑顔なんて、見たくもなかった。

二度と来てほしくなくて無愛想にしていたのに、円香は、落ち込んでいると勘違いしたらしい。

『ユキくん、まだ学校でお友達いないよね？　私と友達になろうよ！　毎日ユキくんちの近くの公園で遊んでるから、帰り際に、明日も遊びに来るね！』

求めてもいないのに図々しい。

きっと、おやつが目的だ。意地汚いやつなんだ。

そう思ったけれど、翌日彼女は、一方的に学校であった出来事を語ると、『元気そうでよかった！　また明日も来るね』と微笑んで、すぐに帰宅していった。

肩透かしだった。

嫌な奴だと思ってしまった分、罪悪感が湧いて——その翌日は、少しだけ雪斗も会話に応えた。

それから円香の来訪が待ち遠しくなるまで、あっという間だった。

毎日同じ部屋で過ごす雪斗にとって、唯一外の世界を感じさせてくれる存在は、それだけで特別だったのだ。

——円香ちゃんさえ、いてくれればいい。

——学校の出来事より、円香ちゃんのことを、もっと知りたい。

病弱故に、元々兄弟の中で一番の甘えっ子だった雪斗は、新たな心の支えと喜びを見つけて、少しずつ母の死の悲しみから立ち直りはじめた。

なのに――それから一年ほど経った頃。

『私、引っ越すことになったの。だから、ユキくんちに来れるのは、今日で最後なんだ！』

何を言っているのか、意味がわからなかった。

遅れて、母との別れが、取り残された恐怖が蘇って、

『なんで？　なんでもっと早く教えてくれなかったの!?』

と、円香を責めた。

一瞬怯んだ彼女を見て、雪斗は気付いた。

よく見ると、目元が赤く腫れていたのだ。

更に、瞳が涙で潤んだように見えて――でも彼女は最後まで笑顔を崩さなかった。

『ごめんね。私も、言わなきゃって思ってたけど……ユキくんとは、最後まで楽しく過ごしたかったから。でも、ユキくんなら大丈夫！　咳、最近は減ってるでしょ？　元気になったら、いっぱいお友達できるよ！　私、クラスでユキくんのこと色々話しておいたから、皆会ってみたいって言ってるし』

そう言い残して、唯一の救いは、雪斗の世界から消えてしまった。

しばらく寝込むほど落ち込んで――雪斗は変わった。

円香は、母が消えたのとは違う。

彼女はまだ生きている。

元気にさえなれば、いつでも会いに行ける。

それから雪斗は自分の人生に向き合い、毎日散歩をして、体力をつけて、少しずつ学校に通いはじめた。

円香が雪斗のことを話してくれていたおかげで、クラスメートは雪斗に興味津々で、すぐに皆と仲良くなった。

医師の見立て通り、心因的な部分が大きかったのだろう。

外で倒れても、助けてくれる仲間がいると思えるだけで、発作の頻度は劇的に減った。

円香とはメッセージで連絡を取りあい、雪斗が新しい経験を報告するたび、たくさん褒めて喜んでくれた。

そうやって自信と体力をつけ、中学に進学すると、周囲は色恋の話で盛り上がりはじめた。

身近な友人が付き合いはじめたのを見て、雪斗も気持ちを抑えきれず——一年の終わりの春休みに、とうとう円香に告白しに行くことにしたのだ。

お揃いの指輪を買って、小遣いを握り締めて家を出た。

家族には黙って行くつもりだったけれど、何か察していたのだろうか。その日の朝、長男の誠一郎《せいいちろう》がこっそり、

『円香ちゃん、いい子だったもんな。何かあったら、すぐ俺に電話しろよ』

くれた。

と応援してくれたのは、とても心強かった。

とにかく、片道半日がかりの、大冒険だった。

途中で発作が出たらどうしよう、と怯む気持ちも、円香に再会できる期待がかき消してくれた。

——俺、背もいっぱい伸びたし、バスケ部に入って、筋肉もついてきたし。

——円香ちゃん、驚くだろうな……！

電車を降りると、そこは無人駅だった。

万が一迷ったらタクシーに乗ればいいかな、なんて甘く考えていたけれど、道を行き交うのは自家用車やトラックばかりで、路線バスはほぼ一時間置きだった。

もちろん、そんなことではへこたれず、田畑と民家がまばらに続く道を一時間ほど歩いた。

でも——望みは叶わなかった。

成長した円香の姿に、ときめく瞬間さえなかった。

やっと辿り着いた、古い平屋の前で。

円香は、見知らぬ大人の男と抱きあっていた。

高校生か、大学生くらいだろうか。

じっと抱きしめあったまま動かない二人を遠目に見ていた時間は、永遠のように長く感じられた。

頭が真っ白のまま、来た道を戻って――その後どうやって帰ったのか、覚えていない。

更にはこの日以降、円香からのメッセージまで途絶えてしまった。

何度か『元気にしてる？』とメッセージを送ったけれど、一切反応はなかった。

未練がましく過去のメッセージを何度も読み返すうちに気付いた。

少しずつ円香の返事が遅くなりはじめていたことや、新しい生活について『転校先でも上手くいってるよ！』『毎日楽しいよ』と言うばかりで、具体的な話は一切教えてくれなかったことに。

受験勉強すら手につかず、食事も喉を通らなくなり、小学生の弟にまで『雪斗くん、大丈夫？』と心配される始末で――そんな時、更なるショックが訪れた。

元気づけようとしてくれた良平から、思わぬことを聞いたのだ。

『あんま思い詰めるなって。ほら、抱きあってた相手って兄貴かもしれないし……。俺もたまーに栗原と連絡取っててさ。お前には絶対言うな、って言われてたんだけど、実は栗原んちの父親アルコール依存症らしくて。きっとあいつも大変なんだよ』

どうして自分には、打ち明けてくれなかったのか。

あまりにショックで、雪斗はつい、『なんで良平がそんなこと知ってるんだよ』と責めてしまった。

『お前、元気になるまでは自分のことでいっぱいいっぱいだっただろ。栗原は、頑張ってるお前に心配かけたくないって言ってさ。あいつなりの気遣いなんだから、わかってやれよ』

この時ほど、自分の弱さを恨んだことはない。

しかも円香が隠していたのは、それだけではなかった。

『にしても、母親には捨てられて、離婚したら親父は酒浸りって、ホント酷いよな』

『捨てられた……？』

『え。それも聞いてなかったのか。引っ越しの理由って、母親が男と出てったまま一年くらい戻らなくて、離婚したからだろ？　お前、なんて聞いてたの？』

『……、父親の仕事が変わる、って……』

信頼されていると思っていた。

でも円香にとって、頼れる相手ではなかったのだろう。

知っていたはずの円香が、どんどん遠退いていく。

何よりもショックを受けたのは、その直後の、ごくさりげない良平の一言だった。

『栗原はいつもお前のこと心配して、お前んち行ってたけど……お前から栗原の悩みとか、聞いたことあるの？』

引きこもっていた頃は、毎日家に来てほしい、と思っていただけだった。

挙げ句、引っ越しをするとなったら、どうして早く言ってくれなかったのかと責めた。

円香は病気の雪斗を気遣って、最後まで笑顔を見せてくれたのに。

この日以降、円香のために何ができるか必死に考えて——思い出した。

眠った円香を起こすと、いつも『もう帰る時間なの？』と寂しげな顔で窓の外を見ていたことを。

当時は円香も別れが寂しいのだろうと思っていた。

でもあれは、母親のいない家に帰ることが嫌だったのかもしれない。

——円香ちゃんが俺を救ってくれたように。

——今度は俺が、円香ちゃんの帰る場所になりたい。

——辛くなったら、二十四時間いつでも、『おかえり』って抱き留めてあげられる存在になりたい。

更に考えに考えた末、『日本で一番のホテルで一番偉い人になれば、恋人じゃなくても、いつでも迎え入れてあげられる！』と思うなんて、いかにも中学生らしい安直さだ。

後になって思えば、円香に繋がっていると思える目標なら、なんだってよかったのだと思う。がむしゃらに頑張らないと、円香と縁の切れたショックで、また何もできない気弱な自分に戻ってしまいそうだったのだ。

とにかく、気持ちだけは本物だった。

円香の思いやりと優しさに恥じない、頼りがいのある男になった時こそ、円香と会おうと決意した。

一日でも早く結果を出したくて、実力主義で効率的運営を確立している海外のホテルで働くのが一番だと考えた。

高校でニューヨーク州に留学した後は、ホテル経営者を輩出していることで世界的に有名な同州の大学に入り、現地の五つ星ホテルに就職して経験を積んで、意気揚々と帰国した。

引く手数多《あまた》の状況でクリスタルメドウを選んだのは、海外の主要な都市に展開する一流ホテルでありながらも、数年前から国内の集客が落ち込み、実力を試すのにうってつけだったからだ。

父が会長を務める九条グループが土地と建物の所有権を握り、系列会社が経営を担っていることは、コネクションを頼っているようで気に入らなかったが、目的の前には些細なことだった。

運営サイドのトップとして改革の指揮を執り、経営陣の期待に応え、スタッフの信頼まで勝ち得たことは、雪斗の誇りだ。

そして今、やっと――『自分の城だ』と自信を持って言える場所で、円香がすやすやと眠っている。

「円香ちゃん。この先は何があっても、俺が幸せにしてあげるから……」

夢想していた再会とは、全く違う展開になってしまったけれど。

もう、円香を起こさなくていい。

もし好きになってもらえなくても、泣きたくなった時は、いつでもここで迎え入れてあげられる。

それに、いつか円香が心を許して頼ってくれた時のために、帰国前から計画を練り、とある贈り物の準備も進めてある。

「二度と俺のそばを、離れないで……おいてかないで……」

あどけない寝顔だ。

唇に口づけると、抱きしめたくなる。

でも抱きしめたら、もっと深い場所に触れたくなってしまう。

雪斗はぐっと耐えて、「おやすみ、また明日ね」と囁き、今度こそ、隣室のベッドで眠りについた。

2　きみが好きだと叫……ばなくていいですっ!?

「はぁっ……はっ……はぁっ……」

円香は、山を登っていた。

なぜかはわからない。

目の前に、山があるのである。

——なんで……？　何……これ？　なんで山……？

——東京まで出てきて、なんで山登りさせられてるの……？

——オシャレなカフェとかレストランは、どこ……？

八月の終わりに台風が過ぎたせいか、そこかしこの木の枝が折れているが、ここ半月は晴天が続き、足元は乾いて歩きやすい。

とはいえ、ひたすら階段状の斜面を登り続けていると、どうしても息が切れてくる。まだ鋭さの残る九月の日差しに、汗が噴き出す。

すれ違う下山者と道を譲りあって会釈するたび、笑顔が失われていくのがわかった。

しかも――。

「円香ちゃーん！　大丈夫ー？　本当におんぶしなくていい～～？」

軽い足取りで先を行く雪斗が頻繁に振り返って、元気いっぱいに、謎の余裕を見せつけてくる。隙あらばおんぶをしたがる。

なんなら、車を降りて麓の駅前を通りかかり、〝高尾山口駅《たかおさんぐちえき》〟という看板を見て、『なぜ、山……』と呆然と立ち尽くした時から、

『車移動長くて疲れちゃった？　俺がおんぶして登ろっか？』

と、うきうき提案してきた。

登山道入り口のケーブルカーとリフトの案内板に気付き、ほっとしながら乗り場に向かったが、その時も、

『え、どこに行くの、登山道はあっちだよ』

と引き留められ、なんの冗談かなと気が遠くなった。

『せっかくなんだから、登らなきゃ、山！　どうしてもケーブルカーに乗ってみたいなら山腹の駅で待ちあわせてもいいけど。ただその後も、山頂までは少し歩くよ』

と自信満々に言われて、乗り場と雪斗の間でおろおろしてしまった。

だって自分より、雪斗の体調が心配だったのだ。

もちろん、元気になったようには見える。

でも昔、目の前で息ができずにパニックに陥った雪斗の記憶が、どうしても頭にこびりついて離れない。あれは幼い円香にとっても、かなりショッキングな光景だった。万が一途中で発作でも起きたら一大事だ。

『ユキくんも一緒に乗ろう？』

『なんで？』

『どう登ったって、上の景色は変わらないでしょ？　また喘息起きちゃったら大変だよ？』

『……またそれ？　標高も大したことないし、気軽に登山を楽しめる観光地だよ？　ほら見て。カップルとか子供連れもいっぱいいる』

確かに、本格的な登山装備を整えている人は少なく、多くは軽装で、気軽な雰囲気だ。

『でも……あ、ほら！　小さい子連れてる家族は、みんなケーブルカー乗り場行ってるよ！』

『俺は大人だよ!?　平気だってば！　もうずーっと薬も必要ないし』

『必要ないって……まさか吸入器、持ってきてないの？　じゃあ絶対だめだよ!!』

その後もしばらく粘ったが、雪斗は、

『絶対に平気。迷惑はかけないから』

いかない。

仮に問題がないとしても、円香の方が気が気ではない。絶対に一人で登らせるわけにはいかない。

幸い、昨夜は早々に眠ってしまって体力は回復している。なんならベッドが心地よくて寝過ぎたくらいだ。

初体験後ではあるけれど、指で丁寧に解してくれたおかげか出血はなかったし、お互いすぐに達して終わったから、腰の痛みもない。

そんなわけで、一緒に登りはじめたのだけれど——。

「はっ、はぁっ、はぁっ……わ、私は、だいじょうぶ……」

「おんぶ、恥ずかしい？　でもまあ、あとちょっとで頂上で、休憩できるから！　それに、その後もっと登ると、かき氷売ってるよ！」

「そ、そう……たのしみだねぇえ……」

取り繕う気力もない。棒読みである。

一方、大きなリュックサックを背負った雪斗は、呼吸一つ乱れていない。

〝休憩〟という人参をぶら下げられた円香は、重い足を踏み出しつつ、今朝のことを思い返した。

目が覚めたのは、十時過ぎだ。

寝室に雪斗の姿はなかった。

ヨーロッパあたりの大邸宅に迷い込んだかのような非日常の光景に、うららかな秋の日差しが差し込んでいる。

――何か、お姫様に生まれ変わったみたい……。

なんて寝ぼけたことを思ったのは、一瞬だけだ。

素っ裸であることに気付き、昨夜の出来事を――洗脳に近い『すき、だいすき』を思い出して、かーっと全身が熱くなって枕に突っ伏す。

『う……うう……昔は可愛かったのに、あんな格好良くなって、遊び慣れちゃって……』

――ストーカー化する子がいるってのも、ちょっとわかる気がする……。

――さっさと自分のホテルに戻ろう……。荷物返してくれなかったら軟禁だし、犯罪だしね。

本当に軟禁だし犯罪なのだが、まさか自分が籠の鳥だなんて、露ほども疑わなかった。

雪斗の計らいだろう。枕元に用意されていたロングシャツタイプのナイトウェアを身につけ、ベッドを簡単に整え、ドアに耳を張り付けて外の様子を窺った。

――静かだし、いないのかな。いや、階下の音はここまで聞こえないか。

――もしユキくんと顔をあわせても、クールにドライに、『昨夜は悪くなかったわよ？』みたいな顔で……。

『円香ちゃん、おはよう！　今日は観光地連れてってあげる！』

『きゃあああああっ!?　あうっ』

ドアノブに手をかけた瞬間、勢いよくドアが開いて飛《と》び退《すさ》り、尻餅をついた。

『わっ、ごめん……！　まさか起きてると思わなくて……！』

慌てて手を差し伸べてくれた雪斗は、アスレジャーコーデに身を包み、髪はノーセットで、スーツ姿より若く見える。

そしてナチュラルな分、生来の面立ちの良さがますます際立っていた。

『お、っぉ……はよ、う……』

『ふふっ、寝起きも可愛いね！　髪が跳ねてる』

——いや、そんなこと言ってくるユキくんの方が可愛いし、かっこいいよ……？

素直にそんなことを返しそうになって、ぐっと飲み込む。

『そういうリップサービスは、もういいから……！』

『なんで？　すっごく綺麗なのに』

手を借りて立ち上がりつつ、熱くなった顔を逸らすと、大きな紙袋を押し付けられた。

『シャワー浴びたらこれに着替えて！　その間に朝食を頼んでおくね！　食べたら、一緒に観光地に出かけよ！』

『いや、そんなお世話になるつもりは……わ、わっ！』

雪斗は勝手に円香の予定を決めると、握った手を引っ張ってバスルームに押し込んでドアを閉め、外から叫んだ。

『靴はそこにいろんなサイズの用意しておいたから、好きなの選んでね～！』

もしかしてもう一晩遊びたいのかと訝しんだが、用意された服や靴はかなりアウトドアな印象で、考えを改めた。

――今度は、旧友としての親切なのかも？

――あちこちアクティブに連れ回ってくれるってことかな？

だとしたら、ありがたい申し出だ。

行ってみたい場所は山ほどある。地図アプリと睨めっこをして、慣れない電車を乗り継いでもたもた回るより、案内してもらった方がずっと楽だろう。

とはいえ、随分ごついスニーカーだなぁ、とは思ったのだ。

雪斗が大きなリュックサックを準備しているのも、なんか変だなぁ、とも思ったのだ。

でもバスルームを出て、朝食のティーセットが運ばれてきた瞬間、違和感はすっかり吹っ飛んでしまった。

『六階のラウンジで出す秋のメニューの試作なんだけど、感想教えて！』

そう言って示されたのは、アフタヌーンティーでお馴染みの、バードケージ型のスタンドだ。

菜の花とベーコンのキッシュや、スーパーフードがたっぷりのサラダマフィンに、モンブランケーキ。

雪斗いわく、朝に提供される場合は、〝モーニングハイティー〟と言うらしい。

ティーセットは、東京旅行の目的の一つだったものだから、たちどころにテンションが上がり、行き先を聞くことも忘れてぺろりと平らげてしまった。

観光もきっと素敵な場所に連れていってくれるのだろうと信じ切って、雪斗が出してくれた車に乗り込んだのだけれど。

車窓の景色がじわじわと変化し、人里離れた山奥に向かっていることに気付いた時には、遅かった。

「はぁ……はぁ……あ、あそこが、頂上……?」

一時間ほど登り続けただろうか。

細い登山道の向こうに、開けた場所が見えてきた。

木々に遮られているが、多くの人で賑わっている気配がある。

「うん。高尾山《たかおさん》の山頂はあそこだけど、隣の小仏城山《こぼとけしろやま》も登れるから、ここで少し休憩して、あと少し頑張ろ！」

えっ、まだ登るの⁉⁉

と、言い返す気力すらなかった。

休日とあってか、山頂は驚くほど多くの人で賑わっている。レストランや自販機が並び、広い展望デッキからは、富士山《ふじさん》や丹沢《たんざわ》の山並みを堪能できた。

子供たちが元気いっぱいにはしゃいでいるのは、おそらく途中までケーブルカーで登ってきたからだろう。

確かに、ここも立派な〝東京の観光地〟の一つには違いない。円香が今回の下調べをしていた時も、〝高尾山〟の名前は何度か目にした。でも。

――多分ほとんど、都民だよね。

――だって田舎住みだと、自然なんて珍しくもないし……。

雪斗は目ざとく日陰の空いたベンチを見つけて円香を座らせると、リュックサックから何やらごそごそと取り出した。

「じゃーん、お弁当作ってきたんだ！」

「えっ……作った？　ユキくんが？」

もしかしたら、あのデザイン階段の奥には、キッチンもあるのだろうか。

「こっちは円香ちゃんの分ね」

渡された弁当箱のランチクロスには、『なんか小さくてかわいい、白い生き物』の絵がプリントされている。園児にも保護者にも人気で、円香もちょっと心を擽られる有名キャラクターだ。包みを開くと、弁当箱まで同じキャラクターのものだった。

雪斗がそれを取り出したギャップに、思わずくすくすと笑ってしまう。

「ユキくん、このキャラクター好きなの？」

「うん。良平がよくこのキャラクターのスタンプ送ってきて、俺も使うようになったんだけど、スタッフに偶然画面見られちゃって……それから皆、ことあるごとにグッズをくれるんだよね。これもその一つ」

「すごい。皆に慕われてるんだ」

微笑ましく思いながらお弁当箱の蓋を開けて、思わずごくんと喉が鳴った。

メインのおかずは、デミグラスソースのかかったハンバーグだ。その周りに、人参のグラッセと茹でたブロッコリー、ポテトサラダやほうれん草入りのだし巻き卵が並んでいる。主食の雑穀米の真ん中には、小さな梅干しが乗っていた。もちろんデザートは、子供も大好きな、皮でうさぎの耳を象《かたど》ったリンゴだ。

「美味しそう……！」

朝食も豪華だったけれど、山が全てのカロリーを吸い尽くしてくれたおかげで、お腹はぺこぺこだった。

箸を手に取り、「いただきます」と唱えて口に運び——あまりの美味しさに、夢中で貪ってしまう。誰かのまともな手料理なんて、祖母が病気で亡くなって以来、六年ぶりだ。

「どう？　味付け、ちょうどいい？」

「美味しい！　もうばっちり！　最高だよ……！」

「良かった。身体を動かした後だと、格別だよね」

「こんなにいっぱい作るの、朝から大変だったでしょ？　ありがとう」

「円香ちゃんの喜ぶ顔想像しながら作ってたら、あっという間だったよ」

「っ……、また、そういう……！」

女心を操るのはお手のものなのだから、軽く流さなくてはと思うのに、いちいち動揺してしまうのが情けない。

雪斗は嬉しそうに笑って、やっと自分のお弁当に手をつけはじめた。

風が吹いて、木漏れ日が、ちらちらと雪斗の横顔を照らしている。

——そういえば……。

——野外でユキくんと一緒に過ごすのって、初めてなんだ……。

登山前に心配していた咳は一度も出なかったし、苦しげな呼吸の音すら聞いていない。

「……なんか、逆になっちゃったね」

「逆って？」

「昔は私が励ます側だったのに、今日は私が足を引っ張っちゃってるなーって」

木漏れ日の中で、雪斗が嬉しそうに笑みを深めた。

「全然そんなことないよ。っていうか……今の俺をもっと知って、今度は俺を、頼ってほしいから」

「頼るって……」

なんだか本当に口説かれているみたいで困惑すると、雪斗がふにゃりと笑った。

「だからあと少し、付き合ってくれる？　本当に元気になったって証明したいし、もう一つの頂上の景色もすごく綺麗だから、一緒に見たいんだ。もちろん、もしまだ疲れてなければね」

昔は可愛いと思った、優しくまるみを帯びた喋り方。

今はそれに包容力を感じて、なぜか鼓動が速くなる。

雪斗にとっては気まぐれの遊び相手に違いないのに、それでも惹きつけられてしまうのは、仕方ないと思う。

だって、こんなに素敵な男性に惹かれない女性はいない。綺麗な星に心を奪われるのと同じくらい自然なことだと思う。

「……うん。せっかくここまで来たし、足の疲れも回復してきたし。私も、見てみたい」

「良かった……！」

食べ終えてから山道に戻るまで、雪斗はごく自然に、円香の手を引いた。

ずっとドキドキが続いているのは、再び山道を登って、息切れがはじまったせいにする。

弁当で体力が回復したおかげか、ひたすら歩を進めることに集中すると、残りの道程はあっという間だった。

そして雪斗の言った通り、もう一つの山頂は、疲労が吹き飛ぶ絶景だった。

「わぁあ……！　街がすっごく小さく見える……！」

展望スペースからは、前景には高尾山が、その向こうに八王子《はちおうじ》の街並みが見えた。

大きく深呼吸をすると、日常のストレスが自然の中に溶け込み、浄化されていく。

高尾山の山頂より観光客は少ないものの、広場には茶屋があり、野外にテーブルとベンチが並んで、まばらに人々が寛いでいた。

「喜んでもらえてよかった。やっぱり何度来ても、いい景色だなぁ」

「え……。そんなに来てるの？」

「うん。普段から、体力維持のためにジムで鍛えたりはしてるけど……自然の中で黙々と身体を動かした方が、気分転換になるから」

「そっか……都会は緑が少ないもんね」

「それに、中学の頃から留学直前まで、ほとんど毎週通ってたんだ。身体を鍛えて、自信をつけたくて」

「えっ……子供の頃に、家からここまで⁉　かなり遠いんじゃ」

「そうそう、はじめは電車移動だけでドキドキだったよ。登る時も息切れが怖くて、途中で引き返したりしてたけど……初めてこの景色を見た時は、感動したなぁ」

「そうだったんだ……。すっごく、頑張ってたんだね。それで、海外まで行けるようになっちゃうんだもん。ユキくん、楽しそうな写真ばっかり送ってくれたから、全然知らなかった……」

地道な努力を積み重ねてきたのだと思うと、改めて、雪斗に嫉妬した昔の自分が恥ずかしくなってしまう。

円香だって、与えられた環境の中で精一杯頑張ってきたつもりだし、同じ時間を過ごしてきたのに、現状は大違いだ。

「ユキくんは、ほんと、すごいなぁ……」

「俺は……どうしても……手に入れたいものがあったから」

「手に入れたいもの？」

顔を覗き込むと、雪斗も円香を見下ろしてきて、何か言いたげにじっと見つめられる。

「……うん。……今は、言えないけど……」

「？　けど……？　叶うまでは秘密って感じ？」

目があったまま、しばらく沈黙が続いた。

どこか潤んだような、切なげな瞳に閉じ込められると、思わず昨夜の扇情的な彼の姿を思い出してしまって――慌てて会話を繋いで、妙な空気を払った。

「あ！　もしかして、当時好きな女の子ができたとか？」

「ふふ、だって、中学生ってそういう年頃でしょ？　学校でも、皆、そんな話ばっかりしてた気がするし……」

友達のいない自分にそんな機会はなかったけれど、ありえそうなことだ。

ふふっと笑って、さりげなく景色へ目を逸らす。

でも、いつまでも雪斗の返事はなくて。

もう一度振り向こうとした瞬間——。

「っ……！　わ、わっ……っ!?　ゆ、ユキくん？」

ぎゅうっと抱きしめられ、全身で伸しかかられて、よろめいて倒れそうになる。

「……駄目だ。やっぱり、俺には無理……」

「な、何、どうしたの」

「良平の言う通り、まずはお友達から、って思ったけど……。俺、男女の駆け引きなんて難しいこと、できないみたい」

「なんの話……」

雪斗はぱっと身体を離し、泣きそうな顔で円香を見つめてきた。

しばらく逡巡した後、何やら決意した様子で景色に向き直る。

「……俺さ、ここに来たら、必ず叫ぶんだ」

「え……？」

「じゃないと……俺は弱くて。なんの準備もできてないまま、円香ちゃんに会いに行っちゃいそうだったから」

両手を立てて頬にあてる。

それから、全身で大気を吸い込んで――。

「円香ちゃーーーーん！　だいすきーーーーーーーっ！！！」

大気が震えた。

全身がびりびりと痺れて、顔が熱くなる。

一体なんの冗談なのか。

口が開いたまま、突っ込みすら出てこない。

混乱と恥ずかしさで、じわじわ涙まで滲んでくる。

「うっわ……すご」

「なになに？　誰が叫んだの？」

「かっっっこよ……！」

「好きって、隣の女の人のこと？　青春かよ……！」

周囲で景色を堪能していた人々がざわめき、雪斗に集まっていた視線が、次第に自分に向けられるのを感じて汗が噴き出る。

でも雪斗は周囲の反応なんて、気にも留めなかった。

残響を味わうように目を閉じ、すん、と鼻で息を吸って、堂々と円香を振り向く。

「俺、昨日、初めてだったんだ」

「な、なにが、……」

「女の子に、触ったの」

「………、は……」

息を吸って、何か言おうとして。

でも、「はい？」と問い返すのが精一杯だった。

「円香ちゃん、遊び慣れてるみたいだっただから。童貞なんて、気持ち悪いと思われるかなって……嘘吐いちゃった。ごめんなさい」

「………、………？」

何を言っているのかわからない。

なんとか言葉を咀嚼して飲み込んで、でもやっぱりわからない。

「うそ……？」

繰り返すと、雪斗が眉をハの字にした。もし子犬だったら、『くぅうん……』なんて鳴き声が聞こえそうだ。

いや、嘘だ。

今の告白自体が嘘だ。

ここまでの全てが演技だ。

だって、すごく慣れている感じだった。

多分信じたら、『あはは、引っかかった！』と指をさして笑われるに違いない。

「……で、でも……そうは、思えなかったけど……」

雪斗は、きょとんと目を丸くして――「はぁあぁぁ……！」と全身で息を吐いた。

「良かった……！　ってことは、昨夜のは演技じゃなくて、ちゃんと気持ちよかったってことだよね!?」

「え……」

「円香ちゃんとの初夜のために、女性向けのエッチな作品を色々見て勉強してたんだけど、やっぱり実践は緊張して……。最後は自分のことでいっぱいいっぱいになっちゃったし。もしかして感じてる演技してくれてたのかな、とか心配になって」

『美女を百人食べました』と言っても誰もが信じるであろう精悍な顔立ちからは想像もつかない発言の連続に、理解が追いつかない。

「………、……しょや……？」

「うん。初めては……ううん、一生、円香ちゃんだけがいいから」

雪斗は、ほんのりと頬を染めた。

まっすぐな言葉に、優しい触れ方。

そういえば、一番はじめのキスは——どこか、怯えているみたいだった。

そして、円香が感じているとわかってからは、理性を失ったように一方的に求めてきて。

——いや……いや。いやいやいやいやいや。待って。

——…………童貞？

アイドル顔負けの美貌を持つ超ハイスペックなエリートだ。

仮に円香一筋だったとしたって、女性の方が放っておくわけがない。

「でも……その……出会いはたくさんあったでしょ？　ほら、昨日だって女の子に囲まれて、パーティーがどうとか……。ユキくんのこと、大好きな人だっていたと思うし、ちょっとでも、そういう女性をいいなって思ったり、」

「興味ない」

即答だった。

それから、迷いなく続ける。

「なんでそんなこと言うの？　俺が欲しいのは、円香ちゃんだけだよ。円香ちゃんのことを思うと、なんだって頑張れた。昨日会場にいた人たちはホテルのお客様でもあるから、そっけなくできなかっただけ。連絡先、一人も交換してない」

穢れのない眼差しを受けて、円香はやっと気付いた。

この二十年で、彼は色々と変わってしまった、と思っていたけれど。

それは見た目だけのことで、雪斗の中身は、純真さは、一切変わっていなかったのかもしれないと。

おそらく再会した直後から、彼の言葉に嘘は一つもなくて——昨日の口説き文句も、ベッドで意地悪に感じた問いかけも、全て本心からの言葉で。

もちろん、にわかには信じ難い。

でもそう考えてみると、今までの不審な態度にも一貫性がある気がした。昨夜抱かれた時、驚くほどの幸せを感じてしまったことにも納得がいく。

——離れてる間、私がユキくんとの思い出を励みにしてきたように……。ユキくんも、そうだった？

——ずっと、お互いを、想いあってた……？

火照って汗の滲んだ全身に、今度は昨日の愛撫の感触が、身体を繋げた瞬間の喜びが蘇る。

でも円香の答えは決まっていた。

二ヶ月前、初めての恋人に振られた時、今度こそ結婚は諦めようと固く決意したのだ。

元彼は、雪斗よりずっと今の円香を知っていた。

仕事している姿はもちろん、告白を受けた際、父親が依存症であることも、もしかしたら何か迷惑をかけるかもしれないとも伝えてあった。

その上でなお、

『俺、一度結婚で失敗してるけど、本気なんだ。だから息子が卒園するまで告白を待った。結婚を前提に付き合ってください』

と、真剣に気持ちを寄せてくれた人だった。

それですら最後は、

『恋人作る前に、あの親父捨てるか、精神科にぶち込んでこいよ』

と言われて、見限られたのだ。

でも当然だと思う。どんなにできた人だって、酔っ払った時の父を見たら関わりたくないと思うだろう。祖父母ですら『いい加減にお酒をやめて』と泣いて、円香だって今も時々、家から逃げ出したくなるのだから。

ほんの二ヶ月前と同じ間違いを犯したくない。

一時の夢に浮かれて、『えーっ、ほんとに？　じゃあお付き合いしてみよっか！』なんて流されるほど若くはない。

雪斗の努力を知った今は、これまで以上に強く、彼の幸せに水を差すことはしたくなかった。

「……ユキくん、ありがとう。ちょっと……ううん、かなりびっくりしたし、気持ちは嬉しいけど……でもね。ユキくんは私のこと、美化してると思う」

「美化？」

「ユキくんが変わったように、私も変わったんだよ。ユキくんが好きなのは、二十年前の私でしょ？」

「そんなこと……」

雪斗は勢い込んで何か言いかけたが、曖昧な返事で期待を残すのが一番失礼だ。

「悪いけど、一日過ごしたくらいじゃ、今の私のことは何もわからないと思う。それに私……恋愛とか結婚は、興味ないんだ。昨夜のことだって……勘違いしてほしくない。遊びだと思ったからオーケーしたの」

自分で決意したことなのに、どうしてか、ぎゅうっと胸の奥が痛んだ。

でもこれでいい。

田舎に帰れば、いつもの日常が、父が待っている。

現実に目覚めれば、旅行中のことは微笑ましい思い出に変わるだろう。

なんとか、そう自分に言いきかせたのに――。

「……わかった。円香ちゃんがそう言うなら、今はそれでいい。でも俺は絶対諦めない。全力で振り向かせてみせるから」

「っ……」

真剣な顔で、円香の悩みや葛藤ごと包み込まれて、息が止まる。

「円香ちゃんだって、今の俺のこと、まだわかってないからそんなふうに言えるんだと思う。それに、もし俺が過去を美化してるなら、尚更一緒に過ごしたい。今の円香ちゃんのこと、もっと知りたい。きっと、今より大好きになるから」

「そんな……」

——どうしてそんなことを言い切れるの？　ユキくんだってお父さんを見たら、一瞬にして目が覚めるよ。

そう言い返すべきなのに、太陽のような眩しさに俯いた。

思わず寄りかかって、甘い言葉に流されたくなってしまう心の弱さが、雪斗と自分の現状の違いを生んだのかもしれない。

「やっぱり、思い切って伝えてよかった！　もっと頑張らなきゃって、やる気が湧いてきたし！　とはいえ、俺も仕事があってしょっちゅう口説きに行けないし。会える間は、いっぱい楽しいことしないと！　だからさっそく……かき氷食べよう！」

「え……わっ！　ちょ、ちょっとっ……」

手を握られ、広場の奥に建つ茶屋へ引っ張られた。

はっきり断った円香の意思は、無視されたも同然だ。

それでも少し安堵してしまったのは、周囲の登山客が、

「っていうか初夜って聞こえたけどどういうこと!?　童貞!?」

「いやさすがにヤラセじゃないの？　どっかで撮影してる人いない？」

と囁きあうのが聞こえてきたからだ。円香の人生はエンタメではない。これ以上見世物になるのはごめんだ。

茶屋には外に面したカウンターがあり、そこに日焼けした中年の男性スタッフが立っていた。

彼は雪斗に気付くと、店の中から気さくに手を振って、大きな声で話しかけてくる。

「おー、兄ちゃんしばらくだな！　久々にアレを聞いて『おっ、来たか！』って嬉しくなっちゃったよ。まだ片想い続けてんだなって……え、あれ？　もしかして、その子が例の〝円香ちゃん〟!?」

カウンターに辿り着くと、男の視線が円香に釘付けになった。

「はい！　まだ片想い中だけど、昨日やっと再会できて。今は一生懸命、口説いてる最中です！」

「えっ、いやっ……」

雪斗に「ね？」とウインクされて、元々熱くなっていた顔が、ますます茹だる。

「はぁあ～……すごいねー、あんた、こんな色男の誘いを迷ってんの？　今捕まえとかないと後悔するぞ～。子供の頃からここに通って、『大好きー』って叫んでてさ。今時、こんな一途なイイ男いないって」

「あ、あの、迷ってるわけではなくてですね……！」

「今、振られちゃったんです。でも来年にはきっと、結婚してますから！」

雪斗は曇りのない笑顔で、きっぱり言い切った。

「まあ、そうなるだろうな。そん時は、また遊びに来てよ」

「はい！」

「っ、いや、結婚なんてしないってば！」

「円香ちゃん、かき氷のシロップ、どれにする？」

雪斗はまるっと無視して、シロップの種類が書かれた看板を指さした。後ろに次の客が並んでいることに気付いて、突っ込みすら許されない。

「えっ……う、ううう、じゃあ、いちご……」

その時、ポケットに入れたスマホが鳴った。

ハンドバッグは未だに奪われたままだけれど、今朝雪斗に『連絡が取れないと、家族が心配だから』と頼んだら、スマホだけは慌てた様子で返してくれたのだ。

「ごめん、ちょっと電話」と言って、そそくさと店の前を離れる。

取り出した瞬間、着信が切れた。

ディスプレイを見て――動揺しつつふわふわと落ち着かなくなっていた心が、一瞬で現実に戻る。

父親からの着信が五件。

それから、無数のメッセージが並んでいる。

『円香、どこにいる?』

『なんで帰ってこないんだ』

『まさか、この間の男のところに行ったんじゃないだろうな』

『あんな目でお前を見下ろして……ろくな男じゃないぞ』

『円香、電話に出てくれ』

『俺を見捨てて、置いていったのか』

素面の父は、決してこんなことは言わない。

「何かあったら大変だから、旅行中は飲まないでね、ってあれだけ約束したのに……」

――それに今までは、私から見捨てられる不安なんてなかった気がする。

――もしかしてお父さん、口にしないだけで……私が恋人に振られて失業したの、自分のせいだって自覚があるのかな……。

もしそうでなくても、夜になって円香がいない寂しさに耐えきれず、『一口だけ……』と酒に手を出し、そのまま酔い潰れるまで飲む父は、容易に想像できた。

折り返そうとした時、また着信が届いて電話を取る。

『ああ、円香！　よかった、やっと出た……！　今どこだ、どこにいるんだ。仕事の面接にでも行ったのかと思ったのに、なかなか帰ってこないから……』

電話口から酒の匂いが漂ってきそうなほど、呂律が回っていない。こんなに酷い状態は久々だ。

こういう時の父は、話があちこちに飛んで会話が成り立たず、円香もつい苛ついて語気が荒くなってしまうのが常だった。

だから何を言われても冷静に返せるよう、静かに深呼吸をする。

「どこって、東京だよ。昨日の朝言ったでしょ、次の職場はもう決まったから、初出勤前に少しリフレッシュしてくる、って」

『東京……？　なんで東京なんだ！　母親にでも会ってるのか⁉』

ああ、初手から失敗した、と舌打ちしたくなる。父は、仕事も妻も何もかも失った場所として、東京を毛嫌いしているのだ。

「そんなわけないでしょ。お母さんとはもう、ずっと連絡取ってないよ……」

『でもホテルに電話したら、円香はいないって』

「あ、良かった。置いていったメモはちゃんと見てくれたんだね。ごめん、友達が……その、別のホテルに誘ってくれて。ほら、クリスタルメドウって聞いたことあるでしょ？　有名な……」

『なんだ？　別のホテル？　まさか……もう次の男ができたのか！　また親に紹介できないような奴なんだろう！』

「っ……、私ばっかり責めないでよ。お父さんこそ、また約束破って飲んだんでしょ。何かあってもすぐに駆け付けられないし、お願いだから我慢してね、って何度も言ったのに！」

『なんで話を逸らすんだ、男だってことは否定しないのか！』

「違うよ、心配なんだよ……！　一人で泥酔して、意識なくなっちゃったらどうするの？私、病院連れてってあげられないんだよ!?」

『さ……酒の量くらい、自分で把握してる！』

嘘ばっかり！　なんでたった二日の約束も守れないの！　と叫びたくなって、ぐっと飲み込む。拗ねた父が自棄を起こして何かあったら、後悔してもしきれない。

「ねえ、明後日には帰るから。次の仕事がはじまる前に、気分転換したいだけだよ。私だって少しくらい息抜きしたいの」

『……恵《めぐみ》もそう言ってたんだ。俺が海外で働いてる間に……たった数ヶ月の間に、昔の男と……。子育てが大変で、息抜きのつもりだったたって……。稼ぎのいい男がいいって言われたから、海外赴任を引き受けたのに……』

恵は、母の名前だ。

酔った時、父は必ず昔の後悔を口にする。

それを聞くたび、円香の傷も疼いた。

母がいなくなった家の寂しさは忘れられない。それで無意識のうちに、雪斗に救いを求めていたのだから。

「いつも言ってるでしょ。私は家族を置いてったお母さんとは違うって。お父さんを捨てたりなんてしないってば」

『とにかく心配だから、早く帰ってこい。東京の男なんて、ろくなもんじゃないんだ！どうせ口先だけで――』

冷静に話さないと、また深酒に走るかもしれないと思いつつ、雪斗を詰られた気がして、つい言い返してしまった。

「っ……とにかく、明後日には帰るから。子供じゃないんだから、旅行の間くらい、心配かけさせないで……！」

父の声を無視して電話を切ると、苦い味が込み上げた。

普段、これだけ酔っていたら、すぐに家に帰るところだ。

けれど、円香は初めて心配に蓋をした。

――私だって……。

――お父さんがお酒を飲んでるみたいに、少しくらい現実逃避したっていいでしょ？

――逃げようなんて思ってない。告白だってはっきり断ったし、ちゃんと家に帰るんだから。

――あとたった、一日くらい……。

「円香ちゃん、もう終わった？」

「あ……」

振り向くと、両手にかき氷を持った雪斗が心配顔で立っていた。

片方はいちごの赤いシロップで、もう一つは鮮やかな黄色だ。

「大丈夫？　顔色が悪いけど……何かあった？」

告白を断ったばかりなのに、昔と変わらない優しい眼差しを受けると、『いつまでこれが続くのかな、どうすればいいのかな』と泣きつきたくなった。

でもこの問題は、父の病は、誰にも、どうにもできない。

だから円香は、なんとか笑顔を作った。

今すべきは、一時の非日常を、精一杯楽しむことだ。

「……ううん、なんでもない。かき氷、ありがとう。ふわふわなうちに食べなきゃね！」

並んで景色を眺めつつ、かき氷を頬張った。

雪斗は何度も心配そうに顔を覗き込んできたけれど、そのたび「美味しいね！」と笑顔で返す。

雪斗から山登りの思い出話を聞くうちに心が安らいで、食べ終える頃には、なんとか頭から父の影を追い払うことができた。


雪斗は紳士だった。

つまり、しつこく迫って、円香を困らせることはしなかった。

帰りの車中は、一から信頼を築こうとして、離れていた間のことを語ってくれた。

ホテルに着いた後も、有耶無耶に部屋へ連れ込むような、狡いことはしなかった。

「旅行中はずっとうちに泊まってほしいけど……また強引にして、嫌われたくないから。夕食だけ一緒に食べよ！　もうお腹ぺこぺこでしょ？　その間に、円香ちゃんが預けた荷物も準備しておくから」

とストレートに誘われて、断れなかった。

でも雪斗の部屋に戻り、夕食をオーダーした直後に電話が鳴った。どうやら階下でトラブルがあったらしい。

「ほんっとごめん！　シャワー浴びて、ご飯も先に食べていいから、俺が戻るまで待ってて。何も言わずに消えたりしないでね……！」

そう言って身なりを整えるなり、雪斗は嵐のような勢いで出て行った。

バスルームで汗を流した後、雪斗の帰りを待とうかと思ったが——秋の味覚をふんだんに使った熱々のリゾットとサラダ、クラムチャウダーが届くと、豊かな香りと彩りに食欲をそそられて、空腹が勝ってしまった。

冷めたら作ってくれた人に悪いしね、と言い訳しつつ先に食事を終えると、窓の外は日が落ちはじめていた。

あまり遅くなると、『このまま泊まっていったら?』なんて言われそうな気がするけれど、着替えは預けたキャリーバッグの中だ。

——ユキくん、まだかな……。

——荷物、いつ戻ってくるんだろ……。

窓から吹き抜けの天井に視線を移し、寝室のドアを見て思い出す。

——朝から強引に連れ出されて、突然の登山と告白で吹っ飛んでたけど。

——私……昨夜あそこで、ユキくん……と…………。

「っ……いや、いやいや、思い出さない思い出さない……っ!」

あの触れ方の、囁きの一つ一つが真の愛情表現だったのだと思うと、冷静ではいられない。

振り払うように立ち上がって、手持ち無沙汰に、キャビネットに並べられたフォトフレームを眺めた。

「わぁ……これ、海外行ってた頃の写真かな。格好いい〜……」

働いていたホテルのロビーだろうか。外国人の同僚らしき人々と一緒に写っている写真が何枚かある。どれも制服やスーツ姿で、雪斗は欧米人と並んでも見劣りしないほど長身だ。

一番端の写真は唯一の私服姿で、場所も邸宅のリビングのような印象を受けた。

ソファーの上で、中年の夫婦らしき男女と、若い女性に挟まれている。まだ顔立ちが幼く見えることから、学生時代、ホームステイ先の家族と撮ったものかもしれない。

「綺麗な女の人だな……。そういえばさっき、ホームステイ先のご家族に同じ歳の女の子がいたって言ってたっけ。この人かな」

雪斗は他の女性に一切興味がないと否定していたけれど、思春期にこんなに綺麗な女性と一緒に暮らしながら自分を想い続けてくれていたなんて、いまいち信じ難かった。

——まあもう、はっきり断ったし。ユキくんの過去に何があったって関係ないんだから……。

ソファーに座ってスマホを確認すると、そこにはちゃんと、円香の現実が——父からの着信やメッセージが届いていた。

溜息が零れたけれど、既に飲酒をしているとわかった今は、連絡が一切ないよりましだ。

なぜなら、父から連絡があるということは、どこかで倒れて意識を失ったりしていない証拠だから。

『さっきは電話切っちゃってごめん。明後日の夜には帰るから心配しないで。お土産、楽しみにしててね！』

そうメッセージを返して、深い溜息と共にずるずると横になる。

「ユキくん、遅い……」

――もう外、真っ暗になっちゃったし。荷物返してもらったら、すぐ出ないと……。

――でも……ユキくんの話、もう少し聞きたかったな。海外なんて、行ったことないし……。

身体が重たく、ソファーに沈んでいく。

空腹が満たされて、運動後の心地よい疲労感と、猛烈な眠気がやってきて――いつの間にか眠ってしまった。

また、昨夜と似た夢を見た。

現れたのは、山頂で『俺、絶対諦めないから』と言った雪斗だ。

『大好きだから、俺と付き合って。ねえ、いいよね？　うんって言って！』

現実とは違い、強引に答えを求められて、でも円香はそれどころではなかった。

いつポケットの中のスマホが震えるのか気になって――案の定、突然父が現れた。

父は雪斗を見ると目を細め、殴りかかるかと思いきや、いたずらっぽく円香に笑いかけてくる。

『いい男じゃないか。一体どこで出会ったんだ？』

——ああ、よかった……。

——昨日の夢と同じ。私の大好きな、酔ってないお父さんだ。

——やっぱりお父さん、病気、ちゃんと治ったんだ……。

『円香、ごめんな……。俺が弱くて、不甲斐ないせいで、ずっと……』

抱きしめて、子供の頃のように抱き上げて、頭を撫でてくれる。

二度と戻らないと思っていた幸せに、温かい涙が込み上げた。

——ああ、お父さんがこんなふうに言ってくれるなら。

——もう少し、ここに残ってもいいのかな……？

——だって、すごく疲れてるし、眠たいし。

——もっとユキくんの話を、聞きたいし……。もし、このままずっと、近くにいられたら……。

優しく撫でてくれる大きな手に、自ら頰を擦りつける。

「んん……、ん……」

「……円香ちゃん」

瞼を開けると、ぼんやりと煌めくシャンデリアの手前に——こちらへ屈み込む、男性のシルエットが見えた。

「大丈夫？　寝てるかと思ったけど、もしかして、具合悪い……？」

頭を撫でていた手が、涙を拭うように目尻を辿る。

お父さん、と呼びかけそうになって——手の感触が、現実のものだと気がついた。

「あ……、わ……、わ……！　ごめん……！　いつの間にか、寝ちゃって……！」

涙を見られたのは確実だ。慌ててごしごしと目を擦る。

一体どれほど眠っていたのだろう。雪斗はスーツではなく、バスローブに身を包んでいる。

「もうお仕事終わったの？　今何時……いたっ……！」

身体を起こそうとした瞬間、脹脛《ふくらはぎ》と太腿に鋭い痛みが走った。

雪斗が目ざとく、円香の視線を追う。

「足？　まさか挫《くじ》いたりした？」

「あ……違う違う、平気。ただの筋肉痛……だと思う」

腕の力でのろのろと起き上がろうとすると、雪斗が泣きそうに顔を歪めた。

「……ごめん。俺、また自分の気持ちを優先して、円香ちゃんのこと気遣えてなかった」

「いやいや、ほんと、平気だから。運動不足だっただけで」

とはいえ、少し動かすだけで痛みが走る。仕事を辞めて園児と一緒に駆け回ることがなくなっていたとはいえ、情けない。

なんとか上半身を起こして一息吐くと、雪斗が膝の下に片手を差し込んできた。

「え……わ、何……ひゃああっ⁉」

身構える間もなかった。次の瞬間には軽々と抱き上げられていて、思わず首にしがみ付く。

雪斗は嬉しそうに微笑み、階段を上りはじめた。

「わ……わっ、ちょっと、っ……！　転んだら大変だから……！」

「大丈夫。言ったでしょ？　鍛えてるって。そのまま抱きついてて」

「歩けないほどじゃないし！」

「ダーメ。悪化したら、俺のせいで明日の観光楽しめなくなっちゃうし」

彼は円香を抱いたまま器用に寝室のドアを開けると、そうっとベッドに円香を寝かせて、

「ちょっと待ってて。ぜ〜ったい、じっとしててね！」

と言って、部屋の外へ取って返した。

「ねえ、そんな酷いものじゃないし——」

反論はドアを閉める音でかき消され、ばたばたと階段を駆け下りる音が遠ざかっていく。

すぐに起き上がって追おうとするも、またもや痛みに襲われて、くてんとシーツに沈ん

でしまった。

「……荷物を返してもらったら帰る、って、言おうと思ったのに……」

とにかく、このまま馬鹿正直に待っていたら、また流されて、よからぬことになる気がする。

「うぅ~……い、いたい……！」

痛みに怯みつつ、なんとか再び上半身を起こした時、またばたばたと音がして、あっという間に雪斗が戻ってきてしまった。

「あっ、動いちゃダメって言ったのに……！　ちょっと横になって。スパ部門のセラピストさんに来てもらおうと思ったんだけど、予約いっぱいだったから……これ！」

「え？　なに？」

雪斗は得意げな顔で「ふふ、なーんだ？」と手にした青いガラス瓶を軽く振ると、ベッドに乗り、強引にうつ伏せに寝かせてきた。

「わ、っ……ちょっと、っ……」

背後で、瓶のキャップを開ける気配がある。

振り向くと、雪斗は黄金色の液体を手の平に取り出し、瓶をナイトテーブルに置いて手の平を擦りあわせた。

「マッサージオイルだよ。ちょっと渋い香りだけど、筋肉痛とかむくみに効く精油が入ってるから。円香ちゃんは、リラックスしてて」

「あ、っ……！」

雪斗は左の足首から脚の付け根へ向かって、両手を重ねて滑らせた。

ウッディな香りが、ふわりと鼻先を掠める。

ナイトウェアの裾の中まで手が滑り込み、ショーツに触れる寸前、指が扇状に開いて足元へ戻り、オイルを足して、また左脚全体を上下に撫でられた。

「ユキくん、いいよ、そんな……明日になれば楽になってると思うし」

この部屋の——いや、このホテルの主にマッサージをさせるなんて、なんだか気が引ける。

が、雪斗は構わずに手を動かし続け、今度は膝裏から太腿にかけて螺旋状に圧を加えてきた。

「だーめ。俺のせいで、明日の観光楽しめなくなっちゃったら嫌だから」

「でも、ユキくんだって、疲れてるでしょ」

「もー、何度言ったらわかるの？　俺は鍛えてるから平気なんだって」

そんな押し問答の間にも、血流が促されて体温が上がり、自然と全身が脱力しはじめる。

身構えつつも、温かく包み込んでくる両手と瑞々しい精油の香りに、思わずうっとりと呼吸が漏れた。

「どう？　力加減、大丈夫？　気持ちいい？」

「ん……すごく、気持ちいい……。なんか、プロみたい……」

「へへ……〝頼りになる、最高の夫〟を目指して、勉強したからね！　料理も掃除もマッサージも、大事な……夜の営みも」

「っ……、勉強って……これ、練習したってこと……？」

「うん。オイルトリートメントの養成コースを受けてね。一緒に受講した人とお互いに施術しあったりして」

「……そう、なんだ」

それって、女の人？　なんて気にしてしまうのは、やっぱりおかしい。

自分自身に動揺している間にも、手の平が脹脛へ移動して、太腿同様に上下に撫でられる。

あまりの心地よさに、このままずるずると留まりたくなってしまいそうだ。

もう一度断るべきか迷ったけれど、昨日今日の様子からして、もう雪斗は何を言っても聞く耳を持たないだろう。

そして何よりも、気持ちいい。

プロとして仕事にしてもいいんじゃないかな、と思うくらい。

だから厚意として、ありがたく堪能することにした。

そして円香の身体は単純だった。

警戒を解くと、再びあっという間に眠気に襲われて、足裏を揉みほぐされる頃には、とろんと瞼が落ちてきた。

と同時に、血流が良くなって股関節が緩むほど、何やら下腹部が落ち着かない感じになってくる。

「ん、っ……」

いやらしいことなんて考えていないのに、どうしてだろう。

いつからか、股関節近くに指が滑ってくるたび、官能の予感にお腹の奥がひくつき、甘い吐息が漏れはじめていた。

——……なに……なんで……？

——もしかして……ユキくん、エッチな方向に、持っていこうとしてる？　そういう触り方、されてる？

——じゃなかったら……こんなふうに、反応しちゃうわけ、ない……。

動揺している間にも、指先を一本一本圧迫されて、繰り返し繰り返し臀部の際どい部分まで指先が滑ってくる。

「っ……ぁ……！」

ショーツに触れるほど股関節に指が食い込んだ瞬間、とろりと溢れた感触は、気のせいだと思いたい。

ずり上がった裾から下着が見えていそうで、さりげなく裾を下に引っ張ったのに、またすぐに雪斗の手が臀部の方へ滑ってきて捲れてしまう。

「どう?　左脚、少し楽になった?」

「ん……う、うん、軽くなって、痛みも少し、引いてる気がする……から、もう十分……」

「良かった。じゃあ右脚もするね」

「えっ……あっ……!」

起き上がろうとしたのに、再びオイルを手に取った雪斗の手が、すかさず太腿を撫ではじめた。

——ちょっと、強引だし。やっぱり、エッチなことが目的、なのかも……。

そう思うのに、熱い手が上下に滑るたび、妖しい熱がぞくぞくっと背骨を走り抜けて、抵抗する気力が削がれていく。

「ん、っ……」

「ふふ、気持ちいい?」

「っ、んん……」

喘ぎ声が交じってしまいそうで、シーツに擦りつけるように首を縦に振る。

——ああ……感じるのも、ダメだけど……寝るのも、ダメ……。

「力加減、希望があったら言ってね？」

「っは、……っ……あり、がと、……」

丁寧に丁寧に太腿や脹脛を揉みほぐされて、お腹の奥が疼いて仕方ない。

少しでもプライベートゾーンに触れる素振りを見せた時こそ、睡魔に抗って逃げ出そうと構えているのに、雪斗の手はひたすらマッサージに徹している。

──もしかして、延々と焦らして……私からねだらせる作戦、とか……。

そんな疑念も、雪斗の巧みな手技に蕩けていく。

焦れったい官能と、綿あめのような睡魔に犯されて、意識と無意識の間をたぷたぷと漂った。

──どうしよう……きもちいい……。

──脚の間……疼いて、つらい……。

いつの間にか、何もされていない胸の先まで硬くなっている。

微かに身動《みじろ》ぎ、マッサージで身体が揺れるたび、薄いナイトウェア越しにベッドに擦れ、甘い痺れが駆け抜けた。

「ん、っ……は、あ……」

血流が促進されて体温が上がり、呼吸が乱れていく。

右の爪先まで指圧が終わり、仕上げのように足首から臀部へ向かって撫でられて、再び股関節にぐぐっと親指が食い込んで——ぞくぞくっと背筋に痺れが走った。

「っあ……」

「円香ちゃん……、下着に染みて、溢れちゃってる……」

心底驚いたような呟きが、ぼんやりと遠くに聞こえる。

情けないことに、自分の上擦った呼吸にかき消えて、何を言ったのかは聞き取れなかった。

——あれ……なんで、撫でてくれないの？　つづき、は……？

——オイル、足してる……？

——もう、きもちいいの、おわり……？

へばりついていた瞼をこじ開ける。

ぼんやり霞んだ視線の先のナイトテーブルには、まだ青い瓶が置かれたままだ。

雪斗の手とは違う、乾いた感触が、両脚から足首にかけて滑っていく。

と同時に、脚の間がすうすうして、ショーツを脱がされたことに気付いた。

「あ……？　え……？」

「こんなつもりじゃなかったんだけど……。せっかくシャワー浴びたのに、汚しちゃってごめんね。お詫びに、綺麗にしてあげる」

両手で臀部を鷲摑みにされ、潤ってひくつきはじめていた秘所をくぱっと左右に広げられて――愛液でじっとりと湿った粘膜に、空気が触れた。

それから、指とは違う、何か頼りない感触が、小陰唇の間に潜り込んできて――。

「ぁ、っ……あぁ……!? あー……!」

期待していた刺激を喜ぶように、ひくっと腰が浮き上がる。

胸の先が強くベッドに擦れて、また喘ぐ。

ぷっくりと充血した襞を内側から舐められ、そのまま舌先で膣口を解された。

「あっ……ぁ……ぁあぁー……」

とろとろと愛液が溢れると、すかさず音を立てて啜られ、ごくりと飲み込まれて、全身が熱くなる。

「ぇう……ぁ、あ……ユキ、く……なん……なん、っ……」

「ん……気持ちよくない？ 昨日、大好きだったところにする？ うとうとしちゃってたから、ちょっと、刺激が強すぎるかもだけど……」

「ぁあ、ぁあー……!」

陰核を舌で突かれ、捏ねられて、腰が前後した。

脱力して無防備になっていた身体は、素直に刺激を喜んで、全く言うことを聞いてくれない。

「やぁっ……！ やだっ、や、やっぱり、ユキくん、下心で、こんな……」

「……何、それ。あれだけ伝えても、まだ信じてくれないの？　両想いで初夜を迎えたかったって言ったよね？　今のだって、ただのマッサージなのに、円香ちゃんが勝手にエッチになっちゃったんだよ？」

「っ……そ、そんな……ち、ちがう……ユキくんが……」

「こんなに開発した男がいると思うと、嫉妬でどうにかなりそう……」

なんとか這いずって逃れようとしたが、両脚は脱力している上、まだ痛みが残っていて思うように動かない。

「あ……あっ⁉」

そうこうしているうちに今度は腰を掴んで引き上げられ、膝立ちにさせられてしまった。臀部を突き出す格好で、陰部は雪斗に丸見えだ。

「可哀想、ひくひくしてる……。もう気持ちいいところはわかってるし、すぐに満足させて、楽にしてあげるからね」

「な、っ……、あ……！　ぁあ……⁉」

膣口を舌先で擽られ、包皮ごと陰核を吸われてびくつくと、すぐに指が滑り込んできた。内側から腹部を刺激され、頭の芯まで蕩けて、幸せを強制される。

雪斗も昨夜が初体験だと言っていたのに、こんなにも大胆なのは、円香が昨夜見せた反応が自信を与えてしまったのかもしれない。

「あっ……あっ……！　まっ……そこ、だめ、っ……」

動転しているのに、膣は指一本では足りないとばかりにもぐもぐと蠢いて刺激をせがみはじめた。

蜜がとめどなく溢れ、内腿を伝ってシーツまで汚しているのがわかったけれど、どうしようもない。

中と外を同時に攻められると、マッサージで血流が良くなっていたせいか、驚くほど早く熱の塊がせり上がってきて、腰がかくんと前後に揺れた。

「ひぁ、ぁあ、あ、っ……、も……ぁあぁー……！」

雪斗は、達した後も容赦なく愛撫を続けてくる。腰が大きくびくついても、陰核を口に含んだまま離れてくれない。

「あ、っ……あっ、だめ、っ……だめ、らうぇ、ぇえ……！　また、また、ぁ、っ……ぅうっ……」

粗相しそうな予感に襲われて泣きじゃくると、やっと舌が離れて指が抜かれ、ベッドにくたりと倒れ込む。

雪斗はどろどろに濡れた指を見せつけるように舌先で舐め、無邪気に微笑んできた。

「すぐイってぽーっとしちゃうの、可愛い……。もっとしてあげるから、幸せになりながら、寝ちゃっていいよ」

「え……」

隣に横たわった雪斗が、背後から抱き寄せてくる。

それから、汗を吸ったナイトウェア越しに胸の先を弾かれ、裾を臍《へそ》の上まで捲られた。

「あ……あんっ、んんっ……！　や……やら、わたし、かえ、かえる……っ……！」

「だーめ。こんなエッチな匂いさせたまま外に出て、襲われちゃったらどうするの？　それに、円香ちゃんは疑い深いみたいだから、下心で触ったんじゃないって、ちゃんと証明しておかないと」

耳元で囁かれ、拘束するようにぎゅうっと両腕に力が籠もった。

身体を密着させたかと思うと、臀部に硬い塊をゴリゴリと食い込ませてくる。

「あ……！　あっ……！　それ、っ……」

「エッチしたいだけだったら、これ、すぐに入れてるよ？　円香ちゃんが本当に大事だから、我慢してるんだよ？　我慢するのがどれだけ辛いか、わかる？」

「あっ……！」

下腹部に手が伸びてくる。

焦らす素振りもなく陰核を上下に擦られて、びくりと腰が前後した。

腕から逃れようともがくと、今度は指が二本同時に潜り込んでくる。

「あ……ぁあ……!?　あー……！」

「逃げないで。振り向いてもらえるまで、絶対入れないから。指でくちゅくちゅして、楽にしてあげるだけ。ほら……中の、大好きなところ、捏ねてあげる」

「あっ、あっ……ぁあぁ……！」

臀部で感じる硬さから、雪斗は相当興奮しているのが伝わってくるのに、腰を押し付けたり、擦りつけてくることは一切なかった。

円香の反応にあわせて器用に愛撫の強弱を変え、わずかに擦る場所を、角度を調整してくる。

「あ、あー……！　あー……」

——ほんとに……やらしい気持ちからじゃ、なかったの？

——じゃあ私……ほんとに、ただのマッサージに、感じちゃったの……？

——そんな……そんなの……。

「子供の頃は、『キスは大人になったら』なんて可愛いこと言ってたのに……。ほら、もっとやらしいところ見せて？　他の男より、乱れてみせてよ」

「や……ら……っ、そん……ぁあぁ……も、わかっ……わかった、から、ぁ……」

「ん？　何がわかったの？」

「し、っ……した、したごころじゃ、ないって……」

「そう。じゃあ今度は、本気で大好きだってわかるまでするね」

「あっ……あぁあぁ……！」

ぐぷぐぷと中を押されて、何度も絶頂に襲われる。

疲労は限界を超えているのに、膣は必死に雪斗の指をしゃぶって甘え続けていた。

「すごい、ぎちぎち……。昨夜、こんな狭い中に入ってたなんて、信じられないな……。会いに行けない間、欲求不満になって他の男を誘わないように、いっぱいしておいてあげないと」

「ぁ……ユキ、く……ゆび、っもぉ、とめ、……ぁあ、ぁ……！」

雪斗が熱っぽい溜息を吐いて、「ああ、気持ちよさそう……」とぐりぐりと指を根元まで押し込んでくる。

充血した陰核に指の付け根が当たるたび、シーツの上で、両足の爪先が何度も何度もぴんと伸びた。

「ひゃ、ぁあ、あー……！」

「ん、また？　またイくの？　可愛い……。たくさんイって、気持ちよくなりながら寝ちゃおうね」

限界を伝えたいのに、舌が動かない。

目の前がちかちかして、意識が何度も飛んだ。

行きすぎた快楽は暴力に近いと、わかっていないのだろうか。

一番感じてしまうところばかりをこりこりと弄ばれて、全身の血が震え、愛液と汗と涙が溢れ出る。

――どう、しよ……どうしよう……。

――こんなに……まっすぐ愛されたら、わたし……。

――子供の頃みたいに、ユキくんの部屋から、帰りたくなくなって……。

「ふぇ、ぇ……ぁ、あー、あーっ……！」

「っ……」

腰ががくがく前後すると、誘うように雪斗の局部を刺激してしまって、彼が息を詰めた。

臀部に食い込んでいるそれは更に硬く膨らみ、それに呼応して膣がひくつく。

「女の子って、発情するとこんなに乱れちゃうんだ……。今すぐ繋がって、指じゃ届かないところまで、突いてあげたいけど……。いつか円香ちゃんが俺を好きになってくれたら、いっぱい、両想いエッチしようね？」

「んぁ！　ぁ、あっ……！　あー……！」

三本目の指が潜り込んできて、ぽろぽろと涙が零れ、愛液がぐじゅりと溢れた。

お腹の中を出入りする指の動きは緩慢なのに、びりびりと全身に電流が走って、四肢が大きく引き攣る。

「脚、まだぴんとしてる……これ、ずっとイってるの？　こうしたら、もっとイける？」

「あ、あ！　あ……、っ……！　っ〜〜……」

片手がお腹の下に滑り込んできて剝き出しの花芯を素早く扱かれると、もう悲鳴も出なかった。

ガクガクと震え続ける身体は、自分のものではないみたいだ。

「俺の本気、今度こそ伝わった？　俺のこと、好きになってきた？　昨日より好き？　今朝より好き？」

気持ちを引き出すように囁かれて、またぐんと感度が上がった。

もう限界だと伝えたいのに、身体が震えて、頷いたり、首を横に振ることすらできない。

「はぅ、っ……ぅ、んぁ、あー……！」

「円香ちゃん。大好きだよ……」

延々と続く幸せの中で、思わず『私も好き』と答えそうになって、でも息が上がってろくに喋れないことに救われた。

──違う……。

──そんなの……私の選びたい人生じゃ、ない……。

──ユキくんには、ずっと笑顔で、太陽みたいにきらきらしたままで、いてほしい……。

ぽろぽろと零れる涙は、何が理由なのかわからない。

「また逃げようとしたら、許さないから……」

洗脳に近い、どこか歪んだ睦言と共に、体力が尽きるまで絶頂を与えられ、気を失うように眠りについた。

3　シンデレラ・タイム　～夢の時間には終わりがある～

夢も見ず、時間が飛んだように感じるほど深く眠ったのは、いつぶりだろう。

目が覚めると、またもやベッドに雪斗はおらず、カーテンの隙間から、燦々と眩しい光が差し込んでいた。

──私、昨夜も……結局……。

ぼーっと記憶を辿っていると、昨夜雪斗に与えられた幸せが蘇り、一瞬にして身体が熱くなって飛び起きた。

「いっ……！　はぁ～……」

両脚が一瞬痛んだものの、マッサージのおかげだろうか。そろそろと動かすと、筋肉痛はかなり和らいでいた。

「……とにかく。今日は一人で観光して、自分のホテルに泊まって、明日には……」

胸を貫く切なさは、今だけのものだ。

今が非日常なだけで、シンデレラ同様に、魔法が解けた後はいつもの生活に戻るだけのこと。

昨日は部屋を出た途端に雪斗に捕まったことを思い出し、そーっと寝室のドアを開くと――なぜか、副支配人の杉本が直立していた。

「えっ……えっ⁉」

「栗原様、おはようございます。昨夜はよくお休みになれましたか？」

親近感溢れる快活な笑みだ。一体、いつからここで待ち構えていたのだろう。

「あ、あの、はい、ええ、それはもちろん、……」

「今日は、私がお出かけの準備のお手伝いを仰せつかっておりますので、まずは入浴をお済ませください」

「え？　え……えっ？？？　わあっ⁉」

腕を摑まれ、強引にバスルームまで引きずられて押し込まれ、外からドアを閉められる。

丁寧な言い回しと細い腕からは想像もつかない剛力だ。

「あまり時間がございませんので、お急ぎくださいね～！」

ドアの向こうから指示が飛んでくる。

仕事のできるクールな女性かと思っていたけれど、声音からはしゃいでいるような印象を受けるのは気のせいだろうか。

それにしても。

待ち受けていたのが雪斗ではないというだけで、昨日と全く同じ展開だ。

——『仰せつかって』って言ってたけど。まさか……ユキくんの指示で？

——私が逃げると思って、先手を打たれた？

——杉本さん相手なら、私が抵抗しないと思って？？

——……。……山の次は、海にでも連れていくつもり……？

嫌な予感しかしなかったけれど、いずれにせよ、昨夜の行為の名残を洗い流す必要はあったから、素直にシャワーを浴びた。

全身さっぱりして脱衣所に戻ると、腕にバスローブを引っかけ、もう一方の手にドライヤーを構えた杉本が目の前に立っていて心臓が飛び跳ねる。

「きゃあああっ!?」

濡れた浴室の床で足を滑らせたが、杉本が腕を掴んでくれたおかげで、なんとか腰を打たずに済んだ。やっぱり力が強い。ホテル業務は案外、体力勝負なのかもしれない。

「ふふっ、驚かせちゃいましたね。ここでヘアメイクを済ませましょう！」

口答えを許さない圧だ。バスローブを渡されて、慌てて身につける。

「あの……えっと、大丈夫です。着替えくらい一人で……というか、ロビーで預けた荷物と貴重品を返していただければ十分ですので！　ユキく……九条さんから荷物のこと、聞いてますよね？」

「……え……」

杉本は、アイメイクでしっかり縁取られた丸い目を、くるり、と天井に向けた。

見たところ五十代くらいだが、そんな愛らしい仕草もしっくりくる、チャーミングな女性だ。

もちろん、視線の先には特段、何もない。

デザイン照明がオレンジ色に光っているだけである。

「……、……そういえば、お預かりしておりましたねぇ……」

絶対、とぼけている。

だって副支配人だ。ものすごく仕事ができるに違いない。

が、彼女は一切悪びれず、満面の笑みで、ぱんっと手を叩いた。

「でも、大丈夫です！　必要なものは全て準備済みですから！」

「準備、って、何が――」

「ささっ、さーっ！　こちらへどうぞ」

もはや、抵抗は許されなかった。

洗面台の鏡の前に用意した丸椅子に座らされ、質問を挟む余地もなくドライヤーで髪を乾かされる。

「ふふっ、実は私、昔は美容師だったんですよ！　ここからすぐ近くの、エンチャント・メゾンって店のオープニングスタッフで――あら、ご存知ない？　支配人のお母様が生前に開いた美容室で、一時期若い店長が動画配信して有名になってたんですけど。私、そこの常連だった当時の支配人に接客スキルを買われてホテル業界に転職したんです。もう二十年以上も前の話ですけど、はじめは覚えることが多くて大変で――」

どうやら、かなりのお喋り好きらしい。質問を挟む隙が一切ない。

だから、ドライヤーの音にかき消されないよう、大声で強引に割り込んだ。

「あの、九条さんは？　仕事ですか？」

「ご心配なさらずとも、大丈夫ですよ！　支配人は今日まで連休を取っていらっしゃいますから」

「大丈夫っていうのは、何が……」

杉本はドライヤーを片付けると、今度は温めてあったヘアアイロンで毛先を軽く巻きはじめた。普段は後ろで適当に括るだけだから、鏡の中で全く違う印象が作られていくのが新鮮だ。

「何がって、そりゃあ、支配人の栗原様に対するお気持ちは、本物ですから！　私が保証します！」

「は……えっ？」

「あら。なんだか不安そうだったから、そこを心配なさってるのかしらと思ったんだけど……ほら、普通あんな二枚目に迫られたら、遊ばれてると思っちゃうじゃない？　あ、今の子って、二枚目って言わないのかしら？　ハンサム？　イケメン？」

「いえ、あの、」

「顔が良すぎてナンパな感じもするけど、実際は箱入りだし真面目なんですよ。私もあんな若い子に何ができるのかしら、なんて思ってたんだけど、『社員の待遇が良くないと、心からのおもてなしはできない』って経営陣と戦ってくれて、その上あっという間に黒字を伸ばしたんですから。全然休んでる様子がないから、いつか倒れるんじゃないかって皆で心配してたくらい働き者で。だからご家族を持ったら、自分を大切にしてくれるんじゃないかしらって——うーん、やっぱり若い子が巻くと華やぐわね〜！」

怒濤のトークに圧倒されて、もはや、何を聞こうとしていたのか忘れてしまった。

口を動かしつつもさくさくと髪を巻き終えた杉本は、大きなメイクボックスから美容液や下地を取り出し、手早く塗りはじめる。

「素敵な方なのに女の影もないし不思議に思ってたんですけど。今回『協力してほしい』って相談してくださった時は感動しちゃったわ！　恋バナって、いくつになってもいいわよねぇ。しかも幼馴染みとの超純愛！」

「あの……じゃあ、はじめから杉本さんも、私が言いくるめられて部屋に連れ込まれた上、荷物を返してもらえないことまで、知って……」

「ええ！　女の子をホテルに閉じ込めるなんて、犯罪に加担するようなものですけど、支配人のためですもの。腹を括りました！　昨日の登山用の靴やら服も、全部私がご用意しましたわ！」

「……………」

円香は、やっと理解した。

良平からしつこく同窓会に誘われて参加を決めた時点で、全てが定められていたのだと。

おそらく良平も加担者だ。

罠が張られているとは露知らず、都会の空気に浮かれて、のこのことこのホテルに足を踏み入れた自分を悔いる。

逃げようと思えば逃げられると思っていたけれど、とんでもない。

きっと、強く拒んで強引にホテルを出ようとしても、何かしらの邪魔が入っていたのだ。

つまり――本当に、軟禁だった。

今も、縛られていないから自由だと錯覚しているだけで、簡単には逃げられないのだろう。

「一昨日初めてお会いした時、栗原さんがとても緊張していらしたから、もし上手くいかなくて、支配人が無理矢理……なんてことになったらどうしようかしらと思ったけど、ラブラブみたいで良かったわ！」

「らっ、らぶっ……⁉」

「？　だって一昨日も昨夜も、お楽しみでしたでしょう？」

「⁉　なっ、なっ……なんっ、」

口をぱくぱくさせると、鏡の中の杉本が、ビューラーを片手にウインクする。

「ふふっ。栗原さんがご宿泊の間、この部屋のハウスキーピングは私が担当しておりますから！　今もシャワーを浴びている間に、ベッドメイクを済ませてきました。やっぱり若い子に任せなくて良かったわ。スタッフにも支配人のファンがいて、支配人と関わる仕事は奪いあいなんです。そうそう！　今年の採用なんて、元お客様で、支配人目的の子が面接に来て――」

鏡の中の自分が、どんどん垢抜けていく。いつも色付きの日焼け止めとリップを塗って眉を描いて終わりだから、信じられないほどの変貌だ。

が、それどころではなかった。

雪斗に振り回されて気が回らなかったとはいえ、あのベッドを掃除させてしまったと思うと、全身にだらだらと嫌な汗が滲み出す。

「あら、顔が真っ赤ね。初体験ってわけでもないでしょう？　素敵なことじゃない？　私だって昔は毎週末、夫と……ふふっ」

――いいえ、お互い初めてでした。

そう言いたくなったけれど、もちろん飲み込んだ。

「杉本さんは……ご結婚、されてるんですね」

「ええ！　十年も前に、事故であっちに行っちゃったんだけど。しつこく口説いておいて、勝手よね」

杉本はパフを小指に沿えたまま、あっけらかんと人差し指で天井を指さす。思わず「すみません」と恐縮してしまった。

「いいのいいの。私は仕事が楽しくて、結婚なんて全然興味なかったんだけど。やっぱり、愛されるって幸せよね」

もしかしたら彼女も、自分のように何度も迫られて、結婚を決めたのだろうか。

「でも……気持ちだけじゃ、どうにもならないこととか、なかったですか？　お互い、何でも受け入れられるわけではないというか」

「そりゃあそうよ！　結婚やら出産をしてからだって、喧嘩はしょっちゅう！　……もしかして栗原さん、何か躊躇っているの？」

いつの間にか、『様』から『さん』へ敬称が変わっているが、接客のプロは、わずかな表情の陰りで察したらしい。

同じくプロの雪斗に、いまいち伝わっている気がしないのは、盲目的に愛してくれている故なのだろうか。

「色々事情があって、恋愛や結婚は諦めたんです。相手に迷惑をかけてしまうし、実家から離れるのも難しいので」

「……なのに、気持ちがぐらついてるってことね？」

ずばりと言われて怯むと、杉本は楽しそうに笑って、リップを手に取った。

「いいじゃない、いいじゃない。とりあえず、追いかけさせておけばいいのよ！」

「えっ……」

無責任な言葉に呆気にとられた。

杉本はリップブラシに色を取りながら、相変わらずにこにこしている。

「自分の気持ちを大事にするのは当然でしょ？　理屈で心をねじ伏せたって続かないもの。支配人だって、閉じ込めて強引なアプローチをかけてるわけだから、受け入れられなくて当然よ。顔がいいから許されてるだけなんだし！　うんうん、まずはセックスを楽しんで、それからゆっくり考えてもいいじゃない！」

「そ、そんな――」

ブラシを上唇に置かれると、何も言えなくなってしまった。

「それに、私が言うことじゃないかもしれないけど――今すぐじゃなくても、その事情ってものを打ち明けることを考えてみたら？　問題を相談できない関係なんてそもそも続かないし、支配人は絶対に見捨てたりしないと思うわ」

「どうして、そん……」

筆が離れた瞬間に問い返そうとしたが、リップを取った筆が上唇に戻ってくる。

「どうしてって……だって、愛するってそういうことだもの。愛する人の苦しみなら、自分も感じたいと思うものよ」

当たり前じゃない、とでも言いたげに杉本が目を丸くした。

でも、びっくりしたのは円香の方だ。

そんな完璧な愛を持っているのは、神様だけじゃないかなと思う。

「……そうでしょうか。もし知ったら、きっと彼の気持ちも変わると思います。少なくとも、全く変わらないなんてことは……」

そもそも、杉本は雪斗の手先だ。調子のいいことを言っている可能性が高いと思う。

「迷惑かどうかは相手が決めることだわ。栗原さんが勝手に相手の気持ちを決めて、選択肢すら与えてあげない方が残酷じゃないかしら？」

全くわからない理屈だ。

母は、円香を愛していると言って、でもそれ以上に愛する人ができて、去っていった。

父も、円香を愛していると言って、でも今は円香の悲痛な叫びより、酒が大事だ。

元恋人だって、円香を愛していると言って、でも都合が悪いとわかった途端に円香を詰って切り捨てた。

つまり、円香の知っている愛は、その時々の気分や状況次第で、気軽に対象の変わるものなのだ。

何より、円香自身もそうだ。

自分にとって都合が悪くなったら、雪斗への連絡を絶ったのだから。

「あらら、考え込んじゃった。でも支配人は、そういう真面目なところに惚れ込んだのかもしれないわね。……よし、完成！」

はっと我に返ると、鏡に映る別人のような自分と目があって、まじまじと見つめてしまった。

「ん〜、見違えるほど華やかになったわね！　眉間の皺は似合わないわよ！」

「……あの、こんな綺麗にヘアメイクしていただいてありがたいですけど、服とあわなくて浮いちゃう気が……」

杉本はサイドの髪を留めていたクリップを外すと、巻いた髪を手櫛で整え、元気づけるように両肩に手を置いた。

「大丈夫！　支配人が用意してくださった服に着替えましょ！」

「わぁあ……！　可愛い！　休日のお姫様、って感じ！」

杉本と共に階下に降りると、ソファーでタブレットを睨んでいた雪斗が、目を輝かせて立ち上がった。

スーツ姿だから仕事中だろうかと思ったが、胸にネームプレートはない。

「お姫様って……」

大袈裟な表現に赤面して俯くと、ビジューの付いたパンプスが目に入る。

レースをふんだんに使ったオータムカラーのフェミニンなワンピースは、少し大きな胸も悪目立ちしにくいデザインだ。

「ね、くるって回って、後ろ姿も見せて！」

困惑して隣の杉本を見ると、笑顔で頷かれてしまう。

観念してその場でぎこちなく回ると、慣れないヒールが絨毯に引っかかって、よろけて転びそうになった。

「うんうん、すっごく似合ってる！」

「支配人。デートの日くらい、お仕事は休んでください」

杉本が母親のように言って、雪斗の手から、ひょいとタブレットを取り上げた。

「あの、これ……一体なんなの？　洋服のプレゼント……？　今日は観光したいんだけど、このヒールじゃ……」

筋肉痛は和らいでいるけれど、爪先立ちに近い状態では、また別のところに負担がかかりそうだ。

でも雪斗が答えるより先に、ちらりと腕時計を見た杉本が「そろそろお時間が」と雪斗を促した。

「杉本さん、何から何までありがとう。じゃっ、行こうか！」

「え。行くってどこに、」

「観光だよ！　今日こそね！」

「こ、この靴で？」

「大丈夫大丈夫！　下に降りてのお楽しみ！　筋肉痛は大丈夫？　痛かったら、抱っこしてく？」

もちろん断った。

でも、「転んだら大変だからね！」と子供みたいに無邪気に手を握られると、振り払うことはできなかった。

色々と突っ込みたかったが、雪斗が満足するまで従うしかないと腹を括る。どうせ何を言っても、荷物もバッグも返してくれないと判明したのだから。

一階に降りて正面エントランスからロータリーに出ると、黒塗りの長いリムジンが停まっていた。

偉いお客さんでも来てるのかなぁ、と横目に通り過ぎようとすると、雪斗が立ち止まる。

「これであちこち回ろう！」

雪斗を見上げて、それから、もう一度車を見て——。

「え……、……えっ⁉」

「これなら中で寛ぎながら外の景色も見えて、いろんなところを見て回れるから」

大きな車体に圧倒されて立ち尽くしていると、運転席から中年の男性が出てきた。

どうやら雪斗と懇意の間柄らしく、何やら懐かしむように話をした後、人の良い笑顔を浮かべて言った。

「本日の行き先は、杉本様から請け負っております。他にリクエストがございましたら、車内のインターホンでご用命ください」

「リクエスト……？　インターホン？」

全くついていけないのに、雪斗は「さ！　行こう！」と言って、後部ドア——運転席から、ゆうに四メートル離れている——を開けてくれた。

理解を諦めて乗り込んで、また圧倒されてしまう。

「広っ……！　何これ……！」

左の側面は、大人が横たわれるほど立派なソファー席だ。運転席と背中あわせに座面が続き、L字型になっている。右側にはミニバーとディスプレイが設置され、上部は大きなガラス窓になっていた。

ソファー席の奥の足元にはフラットなパンプスが用意されており、『疲れたらお使いください。杉本』と書かれたカードが載っている。

「……これ、何?」

気になったのは、ソファーの上に置かれた紙袋だ。

手に取ると、後ろから乗り込んできた雪斗が嬉しそうに言った。

「開けてみて。二人分のブランチ、杉本さんにお願いしておいたんだ。ニューヨークで暮らしてた時にお気に入りだったファーストフードで、いつも、円香ちゃんにも食べさせてあげたいなーって思ってたから」

「あ……これ！　行ってみたかったお店のだ……！」

よく見ると、紙袋に印刷されたロゴマークには、見覚えがあった。

旅行の計画を立てていた時、真っ先に場所を調べたベーグル店だ。今年の夏にニューヨークから日本に上陸したばかりで、若者の間で話題になっているらしい。

中を覗くと、ベーグルサンドとカフェラテが二つずつ、それから、クリスタルメドウのロゴが印刷された洋封筒が入っている。

広げると、これまた杉本の達筆で、

『景色を堪能しつつ、ごゆっくり朝食をお楽しみください』

という手紙と、今日一日の行き先を記したしおりが添付されていた。どの目的地も、円香がチェックしていた有名な観光地ばかりだ。

「本当は、俺がこういうサプライズ用意できたらよかったんだけど……格好悪くてごめん。俺、昨日の山登りでデートのセンスないなって反省して……。杉本さんに頼んだ方がいいかなと思って」

「そんな……謝らないでよ。すっごく嬉しいよ……！　一緒に食べよう？」

カフェラテとベーグルサンドを一つずつ雪斗に手渡すと、車が静かに滑り出した。

エスプレッソとミルクが綺麗なグラデーションを作っているカフェオレは、ほどよい甘さだ。ベーグルサンドは、分厚いチキンとチーズがはみ出すほどたっぷりと挟まっていた。口元を汚しそうだったけれど、思い切ってかぶりつくと、自然と笑顔が零れる。

「どう？　美味しい？」

口元をナプキンで拭いつつ何度も頷いてみせると、雪斗も安心したように食べはじめた。

車は湾岸エリアへ向かい、商業施設の並ぶ埋め立て地をぐるりと回った。車の揺れは少なく、海沿いの開けた景色を眺めながら、ゆっくり食事を楽しむ。

昨夜は突然の山で身構える気持ちがあったけれど、雪斗は精一杯楽しませようとしてくれていることが伝わってきた。

表参道《おもてさんどう》から六本木《ろっぽんぎ》ヒルズ、東京タワーに浅草寺《せんそうじ》まで至れり尽くせりで――観光名所とはいえ、途中で立ち寄った縁結びの神社だけは、ものすごく気まずかったけれど――とにかく、円香が計画していたより、ずっと多くの場所を回ることができた。

街は少しずつ茜色に染まり、繁華街から少し離れた、閑静な路地の一角で車が停まった。ともすれば見落としそうな隠れ家のような店構えは、昔テレビで見た記憶がある。メディアによく出演していた国民的有名シェフが開いたフレンチレストランだ。

「ここって……ずっと先まで予約待ちって見た気がするんだけど」

「うん。でも大好きなお店だから、どうしても一緒に食べたくて。ちょっと無理を言って、予約を入れてもらったんだ」

「え、そんなことできるの？」

「クリスタルメドウに店を構えてほしくて何度も口説きに来るうちに、シェフと友達になったんだよね。結局、誘いは断られちゃったんだけど」

中に入ると、赤と黒をかけあわせた内装の、モダンで高級感漂う空間が広がっていた。どうやら今日のファッションは、この店のドレスコードにあわせたものだったようだ。

「円香ちゃんは、どんな味が好き？」

個室に案内され、渡されたワインリストを前にまごつくと、雪斗がフォローしてくれた。

でも、味で迷っていたわけではなかった。酒を飲むと泥酔した父を思い出して暗澹とした気分になってしまうのだ。リムジンに用意されていたシャンパンも、『明るい時間からはちょっと……』とさりげなく避けていた。

「えっと……ごめん。お酒は、あんまり飲まなくて」

　雪斗はすんなり頷いて、「そっか、じゃあ俺もやめておこうかな」と二人分の炭酸水を注文してくれた。

「円香ちゃん、緊張しなくていいからね？　個室だし」

「う、うん……」

　そうは言ってくれたものの、目の前にずらりと並んだカトラリーは、知識を試されているみたいだ。

——どうしよう、こんな高級店来たことないよ……。

——ナイフとフォーク、多すぎ……どれから使うか、決まってるんだよね？　外側から……だっけ？

　雪斗は、円香の焦りに気付いたようだ。

前菜《アミューズ》を提供してくれたスタッフが、食材の産地や調理法の説明を添えて立ち去る間際、二人分の箸を頼んでくれた。

　フレンチの一流店で箸だなんて聞いたことがない。恥をかかせてしまったのではと冷や汗が滲む。

「あの、お箸って……いいの？　失礼じゃない？　こんなお店で」

「大丈夫大丈夫。ホテルでもお箸を希望するお客様、結構いらっしゃるんだよ。楽しく美味しく食べるのが一番だから。オーナーもそんなことに拘る人じゃないしね」

雪斗の気遣いに救われて、その後は今日巡った場所を振り返りつつ料理を堪能し、シェフがテーブルまで挨拶に来る頃には完全にリラックスしていた。

帰り道。

しばらく料理の感想で盛り上がった後、ふと沈黙が訪れた。

足元のライトをつけただけの、薄暗い車内。

どこか官能的な空気を読み取っているのは、自分だけだろうか。

ソファーは広いのに、雪斗の肩は、ちょっとした弾みで触れそうな距離だ。

一昨日、似た状況だった時は、酷く警戒していた。

なのに、今は――。

「足、疲れてない？　痛くない？」

「あ……うん。ユキくんのおかげで大丈夫だよ」

「よかった。でも、……明日、帰っちゃうんだね……」

そんなふうに素直に寂しさを表現されると、たまらない気持ちになってしまう。

そうだよ帰るよ、今日もこれから自分のホテルに戻るから――そう言うべきだ。

なのに、どうしても言葉が出てこない。

だって言葉と行動で、彼の本気をわからされてしまった。

また、雪斗と会いたい。このまま雪斗と一緒にいたい。

もしかしたら杉本の言う通り、雪斗なら受け入れてくれるのではないかと思いはじめている自分がいる。

「……ユキくん、今日はありがとう。自分一人じゃこんなにあちこち見て回れなかったし、食事もすごく美味しくて……」

それ以上、何を伝えるべきかわからなくなってしまった。

何か返事か相槌を返してくれたらいいのに、いつまでも沈黙が続いて――雪斗が肩にもたれかかってきた。

こつんと、頭と頭がぶつかる。

「っ……」

押し倒されそうなほど雪斗の重みを感じて、心臓が加速していく。

――もしかして……肩を、抱き寄せられる？

――キス、される？

もし迫られたら、もう拒めない気がする。

肩に感じる重みが増して、鼓動が更に速まっていく。

でも雪斗は何も言わない。

息を止めて、恐る恐る振り向くと――。

「……？　……ユキくん？」

暗い中でも、長い睫毛が見えた。

鳶色の瞳は、瞼に覆われている。

何度も愛を告白してくれた唇もまた、閉じたまま動かない。

「え……わ、わっ……!?」

体重が重たく伸し掛かってきて――円香の肩から胸にかけてずるずると倒れ込み――太腿の上に横たわった。

屈んで顔を近付けると、すう、すう……と、穏やかな呼吸が聞こえてくる。

「ね……寝てる……」

預かっていた園児たちを思い出して、つい、頭を撫でるように、髪の毛に触れた。

「食べたらすぐに寝ちゃうなんて……ふふ、子供みたい」

髪の柔らかい感触に、彼の陽だまりのような優しさを感じ取る。

目元にかかった前髪をこめかみの方へ流すと、「んん」と睫毛を震わせ、肩を丸めた。

大きな身体だ。

なのに子猫のように見えて、とても、日本有数のホテルを切り盛りしている総支配人とは思えない。

「そういえば……」

一昨日も昨日も、寝ている雪斗を見ていない。再会してから一度も、休んでいるところすら。

――夜は私の方が先に寝ちゃったし。

――朝はお弁当作ってくれたり、仕事してたみたいだし。

杉本も、スタッフがいつ休んでいるのか心配するほど忙しくしていると言っていた。

――もしかして、全然寝てなかったんじゃ……。

どうして？　と聞いたら、『円香ちゃんといっぱい過ごしたいから！』と答える雪斗は容易に想像できた。

愛しさが込み上げて、もう一度雪斗の髪に触れる。

「ユキくん……本当に、ありがとうね。昔も今も、幸せな思い出を、たくさんくれて……」

低く静かなエンジン音と共に、窓の外で、夜の光が流れていく。

――もし……もしユキくんと、一緒になれたら。

――日常の全てが、幸せな思い出になっていくのかな……。

『迷惑かどうかは、相手が決めることだわ』

『勝手に答えを決めて、選択肢すら与えてあげない方が残酷じゃないかしら？』

都合よく、今朝杉本に言われた言葉を思い出す。

——やっぱり……ユキくんなら。

——全部受け止めてくれるって、信じてみても……。

円香は初めて、父の酒の匂いと、元恋人の冷たい視線を振り払って——でも雪斗を起こさないように囁いてみる。

「……あのね、ユキくん。……私、自分のこと、全然話してなかったけど……」

聞こえていないとわかっていても、口にするのは怖かった。

何から伝えれば、受け入れてもらえるだろう。

引っ越し後、何もかも順調なふりをしていたけれど、友達すらできず、男性経験も全くないことだろうか。

それで、雪斗の幸せを妬んでしまったことだろうか。

今も毎日父に振り回されて、生活が苦しいことだろうか。

なんにせよ、父の病気については、一番最後に伝えた方がいい気がする。

でもその話を抜きに、恋人に振られ、仕事を辞めた現状を語るのは難しい。

言葉が見つからないまま愛しさが溢れて、思わず寝顔にキスをしたくなった時。

車が赤信号で止まって、雪斗が目を覚ました。

「あれ、……？　円香ちゃん……？　円香ちゃん、どこ？」

慌てて身体を起こし、不安げにごしごしと目を擦って円香を求める姿は、母親を見失った雛鳥のようだ。

「っ……円香ちゃん……！」

「わ、っ……」

目があうなり、ぎゅうっと抱きつかれた。

再会してからずっと自信たっぷりだったのに、背中にしがみ付いてくる両手が、微かに震えている。

「っ……よかった……。円香ちゃん、俺じゃ頼りにならないって、家に帰っちゃう夢見て……。また連絡、来なくなっちゃうのかと思って……」

「あ……」

円香はここに至って、ようやく気付いた。

過去の自分の行いが、どれだけ雪斗を傷つけていたのかということに。

思わず抱きしめ返したくなって、でも我に返った雪斗が慌てて身体を離す方が早かった。

「っ……ご、ごめん……！　ああ、もうホテルに着いちゃう。最後の最後に寝ちゃって、こんな情けないとこ見せるなんて、最悪……」

窓の外を見た雪斗が、がっくりと肩を落とす。

「そんなことないよ。すごく……すごく、楽しかった。素敵な旅行になったよ」

「……本当?」

振り向いた寂しげな瞳が、涙で光っているのを見て——全てを打ち明けるべきだ、と決意した。

車が大きくターンする。

気付けばもう、ホテルのロータリーだった。

迷う時間はない。

雪斗に言わせるのではなくて、自分の意思で選びたい。

だから——。

「ユキくん、もし……もし迷惑じゃなかったら。もう一晩、泊めてもらっても、いいかな? あ、その、変な意味じゃなくて……!」

雪斗の表情から途端に不安が消えて、「嬉しい……! もちろんだよ!」と頷いてくれた。

けれどこの二日、新鮮な体験ばかりで疲れていたのか、はたまた覚悟を決めたことで、気が抜けたのかもしれない。

またもや仕事で呼び出された雪斗を見送り、入浴を済ませてベッドになだれ込むなり、雪斗の帰りを待ちながら眠ってしまった。

だから、気付きもしなかった。

ソファーに投げ置いたバッグの中で、悲鳴のような父からの着信が鳴り続けていたことには。

4　すべての魔法が解ける時

翌朝、先に起きて朝食を済ませていた雪斗は、〝総支配人〟と書かれたネームプレートをつけていた。

「ごめんね。今日は海外のＶＩＰのお客様を歓待しなくちゃいけないから、午後にゆっくり話そう。その後駅まで見送るから。行きたい場所があったら、コンシェルジュに聞いてね。なんでも手配してくれるから。円香ちゃんの朝食も頼んであるからね！」

雪斗はそう言って、慌ただしく部屋を出て行った。

ずっと返してもらえなかったキャリーバッグとショルダーバッグがソファーの横に置いてあることに気付いて、なんだか寂しくなる。

リビングのテーブルには、数社分の国内外新聞があった。朝の短い時間で全てに目を通すには、紙の方が効率がいいのかもしれない。

朝食を摂りつつなんとなく日本語のものを手に取ると、どの新聞の一面も、米日経済協議会の開催に触れていた。

どうやら明日、首相と米国ビジネスリーダーとの昼食会が催されるらしい。参加者は、世界で名を馳せるビッグテック企業を率いる会長ばかりだ。

「海外のVIPを歓待、って言ってたけど……もしかして、この人たちが泊まるのかな?」

そう思ったのは、ページの端に、一昨日エレベーターで副支配人が口にしていた〝ルイーズ・キャンベル〟の名前があったからだ。

彼女の父親も今回の議会の参列者らしく、彼女もプライベートで父に同行しているようだ。

世界的に有名なモデルとあって話題性が高いのだろう。父娘のツーショット写真まで添えられていた。

「あれ……?」

ブランドモデルやファッション雑誌の表紙を飾っているから、ぼんやりと知っている顔ではあった。

でも何か引っかかるものを感じて、昨日見たキャビネットの上の写真と見比べる。

雪斗とソファーに座っている女性は、まだティーンエージャーといった印象でメイクもしていない。

けれど、新聞と見比べると、目鼻立ちがそっくりだ。

「嘘……すごい、ユキくん、こんな人の家にホームステイしてたってこと？」

もしかすると、父親の伝手だろうか。立場上、海外の著名な人物とも交友や伝手があってもおかしくはない。

「確か、彼女から手紙と花が贈られてきた、って言ってたっけ……」

なんだか胸のあたりがもやもやして、新聞をそっと元に戻す。

「……何を気にしてるんだろ。二十年も離れてたんだから、何があったっておかしくないし……」

スマホを確認すると、またもや父から大量の着信履歴が残されていた。

折り返しで何度かけても留守電に繋がって、不安が過る。

──寝てるのかな？　外で飲んで道端で倒れてたり、誰かに迷惑かけてなければいいけど……。

──夜には家に戻るし。警察から連絡きてないってことは、大丈夫なはず。

そんなことを考えつつ、身支度を整えて一階のロビーに降りた。

エントランスは客室と同様、ジョージアンスタイルで統一されている。

中央にはテーブルのように大きなフラワースタンドが設置され、その上には無数のガラスの花器が連なり、階段状に設置されて、大量の生花が活けられていた。

上品で瀟洒《しょうしゃ》な空間だ。

だからこそ、多くの警備員が配置された物々しい雰囲気が際立っていた。カメラを持ったマスコミらしき姿もあり、行き交うスタッフの表情にも緊張が窺われる。

――やっぱりＶＩＰが泊まりに来るとなると、いつもと違うんだろうな……。

そう思いつつ外へ出ようとした時。

にわかにエントランスがざわめき、カメラのフラッシュが光った。

「わぁ……」

視線を向けると、ブロンドで碧眼の美女が目に飛び込んできて、思わず感嘆が漏れる。

新聞で見たばかりの、製薬会社の会長とその令嬢だ。

他にもスーツ姿の外国人が何人もおり、それぞれが背後にＳＰらしき黒服の男たちを従えている。

そして――彼らを先導しているのが、セレブモデル顔負けの輝きを放つ雪斗だった。

全員笑顔で、かなり打ち解けた雰囲気だ。

ニューヨークでも一流ホテルに勤めていたというし、もしかしたらほとんどの客と旧知の仲なのかもしれない。

雪斗は仕事に集中しているのだろう。円香には気付かなかった。

遠巻きに見ていた客たちの会話が聞こえてくる。

「あー、やっぱりクリスタルメドウに泊まるんだ」

「大統領とか芸能人もよく利用してるんだっけ？」

「いいもの見ちゃった～！　モデルさん脚長いよぉ」

「っていうかあのカッコいい人誰？　ホテルの人？　日本人……だよね？　芸能人みたい」

「美男美女、めちゃくちゃ絵になる……！」

彼らはフラッシュを浴びながらエントランスを通り過ぎ、エレベーターに乗り込んでいく。

令嬢の視線はずっと雪斗へ向けられていて、ドアが閉まる直前、彼女の腕が雪斗に絡んだ──ように見えた。

──……気のせい、だよね……？

長い付き合いのある友人だろうし、欧米では、腕を組むことにそれほど意味はないのかもしれない。

深く考えないようにして、ホテルを出た。

目的は東京駅周辺の散策と、父への土産、そして雪斗と杉本にお礼の品を買うことだ。

有名なブランドやカフェの並ぶ丸《まる》の内《うち》仲通りを散策した後、東京駅前の大型商業施設に入り、父のために東京銘菓をいくつか購入した。

それから生活雑貨の並ぶフロアをぐるりと回って、悩みに悩んだ末、雪斗と杉本には、シャワージェルとボディーローションを選んだ。

ランチを摂ってウインドウショッピングをしつつ、自分のことをどう伝えるか考えたけれど、上手い説明は思いつかなかった。結局、どう取り繕おうが事実は変わらないのだと心を決めて、土産とプレゼントを手にホテルへ戻る。

——ユキくんっぽい、優しい香りを選んでみたつもりだけど……気に入ってくれるといいな。消え物なら、そんなに重くないよね……？

雪斗の喜ぶ姿を想像すると、自然と笑顔になる。

でもエントランスに入って——悪夢のような光景に、立ち竦んだ。

「娘を返せ!!」

聞き覚えのある声。

フラワースタンドの横で、スタッフを相手に喚き散らしている男がいる。

高級ホテルに相応しくないスウェット姿に、白髪交じりのボサボサの髪。

顔は真っ赤で、距離があるのに、いつもの酒の匂いが鼻を掠めて——。

「娘と会わせろと言ってるのに、なんで教えてくれないんだ！」

父の叫び声が、吹き抜けのロビーに響き渡る。

客たちは恐怖と嫌悪の眼差しを父に向け、足早に過ぎ去っていく。

一体、どれだけ飲んだのだろう。

元彼に殴りかかった時以上の剣幕に足が竦んで、動けない。

「なんだあ！　お前ら、犯罪者みたいな目で見やがって……！」

「あの、大きな声は、他のお客様のご迷惑となりますので」

「迷惑？　何が迷惑なんだ！　自分の娘がいないか聞いてるだけだろう！」

「お話はあちらでお伺いいたしますから――」

スタッフは丁寧に対応しているが、表情からは怯えが見て取れた。

集まってきた警備員が、父を取り囲む。

「話すことなんてない、娘を返してくれ！　娘がこんなホテルに何泊もできるわけない！　誰かが攫ったか、男に騙されてるんだ！」

酒でふらつきながらスタッフに掴みかかろうとした父を、警備員が慌てて羽交い締めにする。

「なんだ！　俺は何もしてないぞ！　娘がいないか聞いてるだけだろう！　離せ……離せっ！」

暴れた父の腕が並んだ花器を勢いよく薙ぎ倒し、床に破片が飛び散った。

「っ……お……、お父さん、やめてっ……！」

叫んだつもりなのに、喉の奥に声が絡んで届かなかった。

駆け寄ろうとして、竦んだ足がもつれて転ぶ。

その間にも、警備員に押し倒され、腕を捻り上げられた父が痛みに叫んだ。

「っ……やめ……やめて……っ！」

悪夢であってほしいと願いながら、震える脚で起き上がり、もう一度駆け寄った。

父はどんなに泥酔しても、無関係の相手に暴力を振るうことはない。

元恋人と諍いになったのだって、円香が突然見知らぬ男と二人で帰宅し、トラウマを刺激してしまったせいで。娘を守ろうとしてのことだ。

「あの、私の……私の父です！　もう大丈夫ですから」

「何、あなたが娘さん？」

「そう、そうです！　父は乱暴なことはしないのでっ……！」

「円香？　円香か？」

うつ伏せに押さえつけられた父が、顔を上げようとして――突然、嘔吐した。

「っ……お父さん……っ」

「うわっ」

「おいおいおいおい」

警備員たちは慌てて、抵抗しなくなった父から手を離す。

円香はパニックと恐怖で、その場に頽《くずお》れるように座り込んだ。父の身体を横向きにしようとしたが、重たくて全く動かない。

「あ、あの、横向きにするの、手伝ってください。喉に詰まっちゃったら……っ……」

半泣きになって頼むと、警備員たちが協力してくれた。

父の手が大きく震え、大量に発汗していることに気付いた一人が、「おい、救急車！」と叫ぶと、フロントのスタッフが受話器を手にする。

――私が、電話に出てれば。

――いつも通り、すぐに帰ってれば。

――ちょっとくらい、って、浮かれてたせいで……。

「あー、娘さん、お父さんは何か持病はあるの？」

「い……いえ……ああ……いえ、わかりません……」

何も答えられないことが、情けなかった。

健康診断を最後に受けたのは、何年も前だ。

何度心配して勧めても、自分は大丈夫だと言って聞かないから。

でも酒量を考えたら間違いなく、肝臓は悲鳴を上げているだろう。

「お父さん……大丈夫だよ。救急車、呼んでくれてるから……」

ショルダーバッグからハンカチを取り出して、汚れた口元を拭ってやった。父は虚ろな目で円香を捉えているようで、でも息を乱したまま、なんの反応もない。

大きな手の震えも、突然の嘔吐も、以前倒れて、措置入院に至った時の症状と全く同じだ。『次はどうなるかわかりませんよ』と冷たく言い放った担当医師を思い出す。

「うわぁ～……嘘でしょ」

「何？　頭のおかしい人？　あんなのが泊まってるの？」

遠目に見ている野次馬の声が聞こえてくる。

親戚や近所から非難されることには慣れていた。出先で酔っ払い、警察からの連絡を受けて迎えに行き、頭を下げたことも数えきれない。

でも――。

「円香ちゃん……？」

ざわめく中で、彼の声だけははっきりと聞こえた。

振り向くと、少し離れたエレベーターホールに雪斗が佇んでいる。

「あ……、……」

現実が遠退いて――一瞬、本当に夢を見ているような錯覚に陥った。

青ざめた雪斗の腕に、今朝見たルイーズが、怯えた顔でしがみ付いている。

吐瀉物の臭いに、散乱した花器と花々。

周囲を見渡すと、人々がスマホをこちらへ向けている。

――ああ……わかってたのに。

――私が関わったら、ユキくんが手に入れたものを、滅茶苦茶にしちゃうって……。

「なんだ、あの……あの男か……！　俺の大事な妻に、手を出しやがって……！」

父が円香の視線の先に気付いて、虚ろだった目の奥に、みるみる怒りを滾らせた。

前後不覚の状態で立ち上がろうとする父を、警備員が再び押さえつける。

「お父さん、ちょっと落ち着きましょう」

「このままじゃまずいから、バックヤードへ移動させよう」

「っ……離せっ、おい！　お前！　どうせ……どうせ幸せにできないくせに！　お前に娘は渡さないからな……！」

父は数人がかりで抱き上げられ、運ばれていく。

そばについてなくちゃ、と思うのに、腰が抜けてすぐに立ち上がれない。その間にも、雪斗が女性を振り払って駆け寄り、手を差し伸べてきた。

「円香ちゃん、大丈夫？　怪我はしてない？　もしかして彼は、円香ちゃんの……、……」

雪斗は何か言おうとして、けれど、言葉に詰まった。

差し出された手を無視して、バックヤードへ消えていく父を見つめ続けたのは、雪斗がどんな顔をしているか知るのが怖かったからだ。

「ごめんなさい。こんな……滅茶苦茶にしちゃって。花瓶もカーペットも、ちゃんと弁償するから」

「え……」

夢の中のように、自分の声が、遠くに聞こえた。

ぐらぐらする視界の中で、雪斗の手を借りず、なんとか立ち上がる。

雪斗に『告白はなかったことにしてほしい』なんて気まずいことは、言わせたくないし、聞きたくなかった。

「そんな。俺はそんなこと――」

「ユキ!!」

雪斗が何か言いかけた時、エレベーターホールに残されたルイーズが駆け寄ってきた。

彼女は円香を睨み、雪斗の腕を引っ張る。

「パパが降りてくる前に、なんとかしないと。仕事前のトラブルは縁起が悪いって嫌ってるから。明日の大事な議会に何か影響が出たら……」

驚くほど流暢な日本語だった。

雪斗は忌々しげにロビーとエントランスに群がる野次馬を見渡すと、「くそっ」と彼らしからぬ言葉を呟く。

「私は部屋に戻ってパパを引き留めておくから、ユキは仕事をしてきて。お客様が怯えて、動揺してるわ」

スタッフが謝罪をして回っているようだが、騒ぎが収まる様子はない。副支配人の杉本の姿もあり、助けを求めるように、雪斗にアイコンタクトを送っていた。

雪斗は一瞬逡巡したものの、すぐに決断して円香に向き直る。

「待ってて。お客様への対応とスタッフへの指示を終えたらすぐに戻るから。後でちゃんと話そう」

——話すって……何？

——何を話すの……？

この状況以上の説明なんてない。

ただ、謝ることしかできない。

今のこの、最悪な場面そのものが円香の日常で、人生で。雪斗に伝えようと思っていたことの全てだ。

雪斗の手が、頬に伸びてくる。まるで、涙を拭おうとでもするように。

けれど雪斗は、途中でぐっと握り締めて引っ込めた。

それから野次馬たちに向き直り、朗々と声を張る。

「皆さま。ご不快な思いをさせてしまいまして、大変申し訳ございません。花器の破片が散って危険ですので、エントランス中央へは近寄らないようお願いいたします。何かご不便がございましたら、フロントへお申し付けください」

雪斗の謝罪と誘導によって、張り詰めた嫌な空気が、ふっと解けた。

時が流れ出したかのように、足を止めていた客たちが散っていく。

すれ違う客の一人一人に謝罪をしつつ杉本の元へ向かう雪斗の背中を、呆然と見つめているとーー。

「あなたなんでしょ、ユキの言ってた遊び友達って」

「え……？」

腰に手をあてたルイーズが、円香を睨み付けてきた。

「サイテイね。ユキが努力して立て直した場所で、こんな騒ぎを起こすなんて。ホテルはブランド力が命なのに」

「あ……、……」

鋭い眼差しに怯んで何も言えずにいると、彼女は続けた。

「やだ。もしかして聞いてないの？　私、ユキの婚約者よ」

「……婚、約……？」

言葉の意味が、わからなかった。

だって、大事な人がいながら、遊ぶような人じゃないーーはずだ。

そう思いたいのに、雪斗に相応しい美貌は、圧倒的な説得力を持っていた。

「ユキはうちにホームステイしてたの。ホームシックで寂しがるユキを毎晩慰めて支えてきたわ。もちろん、パパも公認の関係よ。アナタは私が日本に移住するまでの遊びなんだから、ユキの邪魔しないで！」

何度も何度も思ったのだ。

あんなに素敵に成長した雪斗が女性を知らず、二十年間円香だけを思っていたなんて、ありえないと。

なのに動揺してしまったのは、結局は都合のいい言葉を信じて、愚かな望みを抱いたせいなのだろう。

「私……、……何も、知らなくて、……ごめんなさい……」

なんとか謝罪を絞り出すと、女性はあてつけのように溜息を吐き、

「もういいわ。パパを引き留めなきゃ……。あなたも、さっさとユキの前から消えて。ホテルの評判が落ちたら、全部あなたのせいよ！」

と吐き捨て、エレベーターホールへ戻っていった。

野次馬は完全に消えて、いつの間にか清掃員が吐瀉物で汚れたカーペットの清掃に取りかかっている。

頭の中は、まだ真っ白なままだった。

父を追うべきか、掃除を手伝うべきなのかすら判断がつかずにいると、「ガラスの破片が危険ですので」と追い払われた。

スタッフに「ご迷惑をおかけしてすみません」と何度も頭を下げながらバックヤードへ

向かう。

警備員に手招きされてスタッフの休憩室に入ると、父はソファーに横たわって、大きないびきをかいていた。

今感じている感情の名前がわからない。

父は病気だ。

悪いのは病気だ。

責めても回復が遠退くだけだとわかっている。

雪斗のことだって、そもそも、遊びの関係を望んだのは円香の方だ。

そして、雪斗の告白の全てが嘘だったとしても、夢のような幸せを経験させてくれた。

何もわからないまま、眠る父を見つめて立ち竦んでいると、救急隊員が駆け付けた。

ホテルのスタッフに連絡先を渡し、「損害はここへ請求してください」と頭を下げ、救急車に同乗する。

救急隊員に、父の生年月日や、覚えている限りの病歴を伝えていると、父が目を覚ました。

円香を見て安心したのだろう。暴れることもなく、先ほどとは別人のように穏やかな表情でこう言った。

「恵……よかった……。お前が何日も帰ってこないなんて、初めてだったから……。また変な男に引っかかったんじゃないかって、心配で心配で……」

また、過去のトラウマと今が入り交じっているらしい。

父の手に触れてみる。

これと同じ手が、昔円香を抱き上げて、お姫様扱いしてくれた。

これと同じ手が、母を抱きしめているのを盗み見て、『お父さんは、お母さん大好きなんだね』と兄と微笑みあった。

どうしてこんなことになったのか。

何がいけなかったのか。

どうすればよかったのか――。

もう二十年も、わからないままだ。

「……お父さん。大丈夫だよ。私はここにいるから……。心配かけて、ごめんね」

「何言ってるんだ。母さんがいなくなったのも、引っ越すことになったのも、全部……俺のせいだからな……。円香だけは、俺が守ってやらないと……」

たとえ酔っていても、全てが父の本心なのだと思う。

見捨てられるのではと不安になるのも、自分のせいだと思うのも、母のせいだと思うのも、円香を責めるのも。

ただ、もうずっと前から、父にとっては何もかもが夢の中の出来事なのだ。

でも、もしかしたら円香も、自分の人生を選んだつもりで、何も変わっていないのかもしれない。

――だって今の、この感覚は。この気持ちは……。

――子供の頃、寂しくて恐くて、ユキくんの部屋から帰りたくなかった時とそっくりで……。

――もっと、ぐちゃぐちゃで……。

「円香……何だ、誰かに泣かされたのか」

「……、ううん、……」

顔を背けて、目元を拭った。

「じゃあ……俺のせいで、泣いてるのか？」

「……ちがうよ。……全部、お父さんが忠告してくれた通りだったの。私、バカだからさ……。突然素敵な人が現れて求婚されるなんて、ありえないって、わかってたのに……」

二十年も離れていたのに。

同窓会で、女性慣れした対応を見ていたのに。

たった二日であっさり信じてしまったのは、結局、現実から逃げたかっただけなのかもしれない。

だとしたら、家族を捨てた母と自分は、どう違うのだろう……。

父は再び寝入って、いびきをかいていた。

きっと、次に目が覚めた時には何も覚えていないだろう。

頑張って向きあえば、いつか昔の父に戻る日がくると信じていた。そう信じなければ、やっていられなかった。

でももう、別の世界へ行ったまま、戻ってこないのかもしれない。

「病院で診てもらって……落ち着いたらすぐ、家に帰ろうね……」

搬送先の病院に着いて一通り検査を受けた後、医師からは、

「このまま飲酒を続けたら、三年も持たないでしょう。これを機に、依存症の治療に取り組んだ方がいいでしょうね。うちは精神科のベッドが空いてないので、明日、お父さんのお住まいの近くで、転院できる病院を探してみます」

と伝えられた。

病室まで見届け、ロビーのソファーに座って、父への土産と、雪斗と杉本へのプレゼントがないことに気付く。父に駆け寄った時に、手放したのかもしれない。

でももう、全てがどうでも良かった。

キャリーバッグはホテルに置いたままだったけれど、幸い、貴重品の入ったバッグは手元にある。

病院のロビーで朝を待ち、翌日、転院する父に付き添って地元へ帰った。

父はそのまま、地元の病院の精神科に措置入院となった。
それで、今までと変わらない日常が戻った。
気分転換のための旅行だったのだから、予定通りだ。
なのに夜、古い家の中で横になると、子供の頃と同じ心細さが込み上げて——。
もう一度雪斗の見せてくれた夢に触れたくて、涙が止まらなくなった。

5　ぜんぶぜんぶ、きみのため

「せんせーっ、ばいばーい！」

「ばいばーい、また来週ね〜」

円香は、幼稚園のマイクロバスから最後の園児を見送った。

園へ戻って翌週の準備を済ませた後は、路線バスで父の入院する病院へ向かう。

十七時を過ぎると、十月下旬の空は紫色に染まりはじめた。

東京旅行から、約一ヶ月。

なかなか寝付けない夜が多いものの、事前に次の職場を決めておいたおかげで、なんとか生活リズムを保つことができている。

新しい職場の前任者は突然退職したらしく、ろくな引き継ぎもないまま子供たちに受け入れてもらえるかは不安だったけれど、人懐っこい子が多いことに救われた。

雪斗には改めて謝罪をしたかったし、彼から何度か着信があり、ホテルに置いてきた荷物も送られてきたが、婚約者がいると知ってしまった以上、直接連絡を取ることは躊躇われた。

ホテルに雪斗宛ての手紙を送り、

『本当にごめんなさい。迷惑をかけた分は必ず弁償するので、書面で連絡をください』

と伝えたが、返事はないままだ。

怒っているのかもしれないし、もうどうでもいい存在で、忘れられているのかもしれない。

でも円香は違った。

仕事中、園児たちと触れあっている間は、なんとか雪斗のことを忘れていられる。

家では早めの大掃除に着手して、部屋の模様替えをし、気を紛らわせてきた。

なのに、ふと気を抜いた瞬間に思い出してしまう。

今も車窓から夜に沈む寂れた街並みを眺めながら、雪斗と過ごした、たった二日の出来事を――彼の笑顔や体温や、一度は信じたまっすぐな言葉を思い出して、心の傷を抉っている自分がいた。

――でも……お父さんにとっては、あの後のことが、いい薬になったのかな……。

実は、父が引き起こした問題は、あの日だけでは終わらなかった。

帰宅後、クリスタルメドウで警備員に羽交い締めにされて喚く父の動画が、SNSで拡散されていることに気付いたのだ。

投稿欄には、

『今要人が泊まってるホテルだろ、やべー』

『ゲロテロ笑』

『うわー、憧れのホテルだったのに、最悪』

『こういう客層が来る場所じゃないだろ……』

と返信が続いていて、その日の夜は不安に押し潰されて、一睡もできなかった。

幸い、炎上は翌日には鎮火した。

というのも、婚約者を名乗っていた令嬢が自分のSNSで、

『私もその場にいたけれど、クリスタルメドウのスタッフは完璧な対応をしてくれたの。何があっても守られているんだわって安心したし、心の籠もったホスピタリティにも感動したわ』

と投稿したのだ。

世界中に数百万人のフォロワーを持つ彼女の発言力は絶大だった。

野次はぴたりと止まり、更に、以前クリスタルメドウに宿泊した海外のVIPたちもサービスの質の高さを綴り、擁護の流れが高まったのだ。

結果的に、ホテルの評判は以前よりも跳ね上がり、今は先々まで予約が埋まっているようだ。

そして入院中の父は、他の入院患者からこの炎上騒ぎを聞いて、心底堪えたらしい。

見舞い中、思い詰めた様子の父からあの日の状況を聞かれた円香は、今度こそ断酒のきっかけになることを願って、旅行中の出来事を全て伝えた。

加えて、自身の検査結果を聞き、このままでは先がないのだと知って——父はやっと、依存症を認めてくれたのだ。

今まで断固拒否の姿勢だった断酒会に参加した時は、本当に驚いた。

最近は、規則正しい入院生活の効果もあり、日に日に顔のむくみが引いて、虚ろだった瞳に光を取り戻しつつある。

と同時に、素面の状態が続き、様々な後悔が押し寄せているようで——。

「なあ、円香。俺なりに、何ができるか色々考えたんだが……」

円香は、父の病室に持ち込んだ冬用のパジャマや靴下に名前を書き、ベッド横の棚にしまいながら苦笑した。

「も～、何をそんなに心配してるの？　仕事も順調だし、私は元気だよ？　お父さんが断酒会に出てくれるようになっただけで十分なんだから」

父は円香が見舞いに訪れるたび、あの日のことを謝る。

全て忘れたのかと思いきや、救急車で円香が泣いていたことだけは本人の記憶にも残っていたらしく、それについてあれやこれやと聞き、

『お前の好きになった人は、随分立派な人らしいな。もしかして、俺がやらかしたせいで、上手くいかなくなったんじゃないのか？　あんな騒ぎを起こさなければ、今頃は……』

と、ずっと思い悩んでいるのだ。

また父が置き去りにされることを不安に思わないよう、雪斗との顛末を伝えたのは失敗だったかもしれない。

何度、『お父さんのおかげで、遊びだったってわかったんだよ。痛い目見たから、恋愛はもう懲り懲り』と伝えても、なかなか響かないのだ。

「なあ、真面目に言ってるんだ。円香、お前……戻ってきてから、ずっと泣いた後みたいな、暗い顔してるだろう」

ベッドの縁に腰掛けた父は声を落とした。

病室は六人部屋で、父のベッドは出入り口に一番近い。隣のベッドとはカーテンで仕切られているが、会話は同室の患者に丸聞こえだ。

「そう？　まだ新しい職場に慣れないせいかな」

やっと病と向きあってくれた父の前では明るく振る舞いたくて、空元気で笑ってみせる。

実際は、毎晩雪斗のことを思い出して寝不足だし、いつホテルから損害賠償請求が来る

のかと気が気でない。一流ホテルの備品だ。とんでもない額だろうし、ただでさえ父の入院で生活費が圧迫されている。

「なあ、誤魔化さないでくれ。腐っても父親だ、お前の変化くらいわかる。旅行中とはいえ、お前が電話に出なかったりしたのも初めてだったし……。昔の友達で、前に俺が追っ払った男とは違って、本気だったんだろう？　俺があんな問題を起こさなければ……」

「あのねえ。何度も言ってるけど、お父さんとは関係ないの。あーんなおっきくて立派なホテルの支配人になってたんだよ？　そんな人が私を選ぶわけないでしょ。私が誤解して浮かれてただけ。すっごく美人な婚約者だっていたんだから！」

「でも……」

「ほら、この話は終わり！　お父さんは落ち込む必要ないから、自分の健康のことだけ考えて。洗濯物はこれで全部？」

「あ……ああ、その棚に入れといたので全部だ」

「オッケー、今度買ってきてほしいものとかある？」

円香は笑顔を保てるうちに洗濯の必要な荷物をまとめて、ナイロン製の大きなボストンバッグに詰め込んでいく。洗濯や消耗品の購入を全て任せられるサービスもあるけれど、できるだけ節約しておきたい。

「なんだ、もう行くのか」

バッグを肩にかけて立ち上がると、父が引き止めるように見上げてきた。

「今日は子供たちが大はしゃぎで疲れちゃったから、早く帰って休もうかなーって」

「いや、もう少し待ってくれ、今日は……人が来るんだ」

「えっ、誰？　お兄ちゃん？　私、連絡もらってないけど」

そういえば、父はさっきから、ちらちらと時計を気にしている。

「いや、違う。でも、円香にも会ってもらいたいんだ」

「何それ……あ！　断酒会で友達ができたとか？　来週は私も一緒に参加できると思うから……」

「そうじゃなくて――」

カーテンレールが音を立てた。

看護師かと思って振り向くと――いるはずのない人が立っていた。

一目でわかる高級なスーツ。

それをまとうに相応しい、均整の取れた立派な体軀。

柔和な面立ちの中で、優しい鳶色の瞳が輝いている。

「……なんで……」

掠れた呟きは、自分の耳に届くのがやっとだった。

だって婚約者がいるのに、円香に会いに来るはずがない。

――ああ……壊した備品、直接、請求しに来たとか？

――でも、わざわざユキくんが？

――やっぱり、相当な額なのかも……。

が、現れた雪斗も、なぜか驚いた表情で円香を見て、立ち尽くしている。

止まった空気を動かしたのは、ベッドから立ち上がった父だった。

「九条さん。遠路はるばるお越しくださってありがとうございます。本来なら私から伺うべきところですが、この通り、しばらく療養が必要な状態でして……」

父は雪斗に歩み寄り、おもむろに床に両膝を突いた。

「先だってはご迷惑をおかけして、誠に……誠に申し訳ございませんでした」

「っ……栗原さん、やめてください！」

雪斗が慌てて片膝を突き、頭を下げた父の肩に手を置く。

が、父は更に前のめりに屈み込んで、とうとう床に額をつけた。

ドアとカーテンは開いたままで、廊下から丸見えだ。看護師がぎょっとした顔で通り過ぎるのが見える。

「謝罪はお電話で十分いただきましたし、こんなことをさせるために来たんじゃありません……！」

「いえ、聞いてください。娘は、円香は、本当にいい子なんです。こんな自分の子とは思えないほど、真面目でまっすぐで……。先日の騒ぎは、全て私の心の弱さが原因です。退院後は、娘に迷惑をかけずに生きていくつもりです。ですから、もう一度娘のことを考え直していただきたく……」

「お父さん……何……何考えてるの⁉　勝手に連絡を取ったの⁉　彼とはそういうんじゃないって何度も言ったでしょ⁉」

自立を決心し、円香の幸せを願ってくれる父の変化は嬉しい。

けれど、こんな行動は望んでいない。

「だってお前は、何を聞いても、適当に笑って流すだけで……」

「っ……それは……。ユキくんごめんね。本当にごめんなさい。忙しいのに、こんなところまで呼び出して。私が勘違いさせちゃったみたい」

「円香、なんでそんな嘘を吐くんだ。上手くいかなくなったのは、俺のせいなんだろう？　俺はお前の幸せを思って……できることは何か考えて、でも、これくらいしか……」

「何がよ……！　こんな余計なことして！　ユキくんに、もっと迷惑かけちゃうだけだよ……！」

雪斗がちらりとこちらを見る気配がしたが、あまりに申し訳なくて、目をあわせることができなかった。

「ほら、ユキくんが困ってるでしょ、早く立って……！」

肩に掛けた荷物をベッドに放り、強引に父の腕を引っ張って立たせようとすると、雪斗に止められた。

「円香ちゃん」

囁きにびくりと顔を上げる。

怒っているかと思いきや、雪斗は優しい笑みを浮かべて、静かに首を横に振った。

それから彼は父の肩を撫でて、穏やかに語りかける。

「大丈夫です、謝罪なんて必要ありません。お電話でもお伝えした通り、俺は怒っていないし、円香さんに対する気持ちも、何も変わっていませんから」

一瞬、期待に胸が震えた浅はかさに、また泣きたくなった。

彼は接客のプロで、トラブルには慣れている。

父を納得させて、この場を収めるには最善の嘘だ。

案の定、父は雪斗の言葉を真に受けて身体を起こし、涙ぐみつつ雪斗の手を握って、何度も頭を下げた。

「ありがとうございます……ありがとうございます。よかった……本当によかった」

「退院されたら、改めてまたご挨拶に上がりますから。今はご自身のことを第一に、治療に専念なさってください」

雪斗は、男泣きする父を支えて立ち上がらせながら、ありえない約束を取り付けている。

父は頷き、もう一度雪斗の手を握り返して、

「どうか娘を、よろしくお願いします」

と、勘違いも甚だしいことを頼み込んだ。

あまりの恥ずかしさと申し訳なさに、目眩《めまい》がする。

「お、お父さん。ほら、もういいでしょ……」

肩に手を置くと、父が照れたようにはにかんで、やっと雪斗から手を離した。

「あの、円香さんと二人でお話しさせていただいてもよろしいですか？」

「あ……ああ、そう、そうだ、そうですね！　もちろんです！」

雪斗から『外に出て話そう』とアイコンタクトを受けて、円香は頷く。

荷物を持って一緒に病室を出ると、何も知らない父は、涙ぐみつつも晴れやかな笑顔で見送ってくれた。

先を歩く雪斗は、振り返らなかった。

精神科病棟を出て、病院本館との渡り廊下に差し掛かって、相当怒っているに違いないと怖くなって——耐えきれず背中に話しかける。

「……ユキくん、ごめんなさい。まさか連絡を取ってたなんて知らなくて……。仕事、忙しいでしょ？　電車で来たなら、遅くなると帰れなく……わ、っ……！」

突然立ち止まった背中にぶつかりかけて、雪斗のうなじを見上げる。

「……まどがぢゃん……」

「え……」

のろのろと振り向いた雪斗の顔は、涙と鼻水でぐちゃぐちゃだった。

「え……、……え？　な、何泣いてるの!?　ハンカチ——わあっ！」

慌ててショルダーバッグを探ると、突然覆い被さられて、後ろに倒れそうになる。

「っ……どうしたの？　大丈夫？　な、何？　まさか……どこか苦しい？　お医者さん、呼——」

支えようとすると、両腕が、背中に絡んだ。

ぎゅううう、と締め付けられて、その力は、どう考えても病人のものではない。

「っ……よか、っ……よかったっ……やっと、あえたのに……。おとうさんに娘は渡さないって、いわれたし……っ。き、救急車がきたとき、一緒にいて、あげられなかったせいで……き、きらわれた、かもって、っ……」

「ちょっと、っ、おもっ……重いし、何言ってるのかわからないよ……！」

嗚咽に遮られ、鼻水で声が濁っていて、全く聞き取れない。

その上、渡り廊下を行き交う施設職員や患者、見舞いに訪れた人々が、不審げな視線を向けてくる。

「と、とにかく、向こうで話そう……！」

手を引いて廊下を折れ、人気の少ない階段脇で立ち止まる。

ポケットティッシュを渡すと、雪斗はぐずぐずと洟《はな》をかんだ。

「ご、ごめん……円香ちゃんに、嫌われてなかったんだって思ったら……安心して……」

「嫌うって。そんなわけないでしょ……！」

「でもホテルにお父さんが来た時、円香ちゃんのそばにいてあげるべきだったのに……円香ちゃんが好奇の目に晒されてるのが嫌で、お客様の方に行っちゃったから……」

「何言ってるの。ユキくんは自分の仕事をしただけで、当たり前だよ」

「じゃあなんで、黙っていなくなっちゃったの……！　急いで戻ったのに、円香ちゃんいなくて。どこの病院に運ばれたのか消防署に問い合わせたけど、教えてもらえなくて……電話しても、出てくれないし……」

「だって、それは……」

立派な仕事に就いているのに、大きな身体で小動物みたいにすんすん泣かれると、やっぱり中身は子供の頃と全く変わっていないなと思う。

「また休みを取って、円香ちゃんの家に行くつもりだったんだけど……その前にお父さんが『直接謝罪したい』って電話くれて。酔ってたとはいえ、『どうせ幸せにできない』って言われたの、ショックだったから……挽回するチャンスだ！　って思って来たんだけど。まさか、円香ちゃんとの仲を認めてもらえるなんて……」

涙に濡れた顔でふにゃりと微笑まれて、困惑が深まった。

「えっと……でも……私とは、遊びなんでしょ？　確かに私も、遊びの関係なら、って言ったけど。そういうのは……ずるずる続けるつもり、ないから……」

雪斗が、涙に濡れた目をぐっと細めた。

「……、あんなに想いを伝えたのに……。円香ちゃんは、まだそういうことにしたいの？」

また、ぽろりと涙が零れる。

それは宝石みたいに綺麗で、なんだか自分の方が悪者で、虐めているような気分になってきた。

「だって、婚約者がいるんだよね？」

「……こんやく？」

「私、もう聞いたから。あの泊まりに来てたモデルさんが、そうなんでしょ？」

雪斗はぱちぱちと瞬いてしばし考えた後、何もかも納得したように、「あぁ……」と肩を落とした。

「そうだね……そう……いや、違うよ、婚約者じゃない」

「え……？　でも本人が」

「彼女には昔から迫られてて、そのたびに『心に決めた子がいる』って断ってるんだけど……。彼女、体型維持のために厳しい食生活を続けてるせいか、メンタルが不安定で。すぐに嘘を吐いて、俺の周りの女の子を追い払うところがあるんだよね」

「嘘……？」

確かに、あのプロポーションを保つのは、並大抵の努力ではないだろう。

仕事とはいえ、過酷な体重コントロールを続けていたら病んでしまうのもわかる気がする。

「数年離れてたし、良くなったのかと思ったけど……混乱させてごめん。親同士の関係もあって、今回は仕事でもてなさなくちゃいけなかったから、突き放すわけにもいかなくて」

「……、じゃあ、婚約は嘘で……ただの、友達ってこと？」

「そうだよ。でも円香ちゃんが嫌なら、今後連絡がきても、一切返事はしない。……不安にさせちゃって、ごめんね」

雪斗は何もかも解決した気になっているのだろう。

笑みを浮かべて、頬に手を伸ばしてくる。

彼の体温に焦がれながら——自分の弱さを振り払うように顔を背けた。

「円香ちゃん……？」

「もう見たからわかると思うけど……うちのお父さん、アルコール依存症なんだ。お酒飲むと、人が変わっちゃうの。今は反省してるけど、もしまた一口でもお酒を飲んだら、全部振り出しに戻っちゃうかもしれない。そんな不安が、この先一生続くんだ」

今まで何度も、『もう酒は飲まない』と豪語する父を信じ、絶望してきた。

父への信頼とは全く別次元の、依存症という病の恐ろしさを、嫌というほど目の当たりにしてきた。

綺麗事で脱することはできない。

毎日努力を積み重ねて、命が尽きる日まで飲まなかったことで、やっと克服したと言えるものだ。

「私は、お父さんを支えるって決めてるの。それに、またユキくんに迷惑をかけるかもって、びくびくしながら一緒にいるなんて、耐えられない。だから……ごめんなさい」

「……、何、それ」

「ユキくんは元気になれたんだもん。仕事も遊びも、思いっきりやりたいことして、幸せになってほしいんだ」

断られるとは思っていなかったのだろう。

雪斗は呆然と立ち尽くし——時間をかけて、理解したらしい。

「なんで……なんで？　俺は円香ちゃんにそんな思いさせないように頑張るよ！　軽い覚悟で告白してるんじゃない！」

「でも、またネットにあんな動画を晒されたら？　それでホテルが駄目になったら？　私は何もできないよ、一生後悔する。今だって……」

「確かにクリスタルメドウは大事な場所だけど、円香ちゃんと結婚できなかったら——全部、何の意味もない！　どうだっていい！」

「っ……」

まるで、駄々を捏ねる子供そのものだ。

また瞳が潤んで、今にも目尻から大粒の涙が零れ落ちそうで——でもそんな想いに流されたせいで、今回の事態に陥ったのだ。

「ど、どうでもよくないよ！　私はまたあんなことが起きて、ユキくんに迷惑かけるのは嫌！」

「っ、円香ちゃんのわからずや！　なんでそんな頑固なの！」

「よく考えてよ、距離だってこんな離れてるんだよ？　ユキくんの言ってることは非現実的だよ！　もう大人なんだから、」

「円香ちゃんの方が現実から、自分の気持ちから逃げてる！　俺は大好きで一緒にいたいだけなのに！　ただ俺に愛されてればいいのに！」

「なっ……何よそれ！　私はモノじゃないの！　私だって自分なりに覚悟した人生があるんだよ！」

「へえ？　でももう、俺のこと大好きだよね？　だからそんな、俺の心配してくれるんだよね？」

「なっ……なっ……」

「なのに、なんで同じ気持ちだって認めないの！　いじっぱり！　うそつきっ！」

かーっと顔と全身が熱くなってたじろいだ。

でもここで『じゃあ、試しに付き合ってみよっか？』なんて譲ったら、絶対に後悔をする。

「すっ……好きだから何よ！　大人になったら、好きな気持ちだけじゃ上手くいかないこともあるの！　なんでわからないの!?」

「円香ちゃんこそ、なんで上手くいかないと思うの!?　ぜーんぶ説明してよ！」

「だから！　言ったでしょ!?　酔ったお父さんがしょっちゅう現れて殴りかかってきたら、ユキくんだって、そのうち嫌になるに決まってるんだから！」

子供の喧嘩みたいだった。

本当に子供だったら、ぽかぽか殴っているところだと思う。

雪斗は肩で息をして「ううう」と唸ると、突然腕を握り、引っ張ってきた。

「ちょっ……なにっ……!?　どこに行くのっ!?」

どうやら雪斗は車で来たらしい。駐車場まで連れ出されて、見知らぬ車の助手席に押し込まれる。

雪斗は運転席に乗り込むと、すぐに車を出した。

「もういい。教えてあげる。俺の方が大人で、円香ちゃんよりず〜〜〜っと色々考えてて、頼りがいがあって、何があっても……こんなにむかついても、一生円香ちゃんが大好きってこと！」


雪斗はしばらく車を走らせると、町外れにある見晴らしのいい高台の路肩に停めた。

完全に日が落ちて、空気には冬の香りが混じりはじめている。

自分の腕を抱いたのは、肌寒さもあったけれど、ここまでカーナビの指示も仰がず、道に迷う様子が一切なかった雪斗を不気味に思ったからだ。

——もしかして……今度は軟禁じゃなく、どっかの山小屋に監禁でもするつもり？

なんて、半分本気で思う。

だとしても、周囲には民家がぽつりぽつりと建っているから、駆け込んで助けを求めればなんとかなるだろう。

「ねえ、なんなの……？」

雪斗は「こっち」と手招きすると、車道を横断してガードレールを回り込み、狭い歩道に入った。

手すりの付いた緩やかな坂の上から、星明かりを頼りに住宅地を見下ろす。

どの家も大きく立派だ。何もかも密集して圧迫感のあった都会とは違って、家々の間に余裕がある。

「あれ、見える？」

雪斗は、屋根の海を越えた、対岸の丘を指さした。

「……？　あの、白っぽい……大きな建物？」

遠くに目をやると、雪斗が頷く。

「あのあたり、円香ちゃんの家から、そこまで遠くないよね？」

「まあ……そうだけど……、……？」

わけがわからず隣の雪斗を見上げると、彼は満足げに遠くの建物を見つめ続けていた。

円香も、もう一度目を凝らす。

周囲の家よりも大きく、個人の邸宅でないことは明らかだ。かといって、ビルと言うほど高くも、大きくもない。

――あのあたりに、あんな建物あったっけ？

――いつの間に建ったんだろ……？

「恩着せがましくしたり、押し付けたくはなかったから……円香ちゃんから頼ってくれるまで、黙ってるつもりだったんだけど。あれね、依存症専門の、グループホームなんだ」

「え……？」

　雪斗が、こちらへ向き直る。

「全部、良平から聞いてたから。……円香ちゃんの、お父さんのことも」

「それって……、え……？　待って……待って。でも私、良平にだって、そんな深刻なことは……」

　円香が良平に打ち明けたのは、父の飲酒癖が酷くて家を離れられない、という程度の話だ。

「もちろん俺も、あんなに重症だとは思わなかった。自分なりに依存症について勉強したつもりだったけど……。とにかく、円香ちゃんをお嫁さんにもらうなら、お父さんのことも考えなくちゃと思って。でも思いつくの、このくらいしかなかったから」

「……このくらい、って……」

　声が掠れて、こくんと喉を鳴らした。

　もう一度屋根の向こうに視線を投げる。

「えっと、……施設を、探しておいてくれたの？」

「ううん、作ったんだよ」

「つくっ……、……？　え……？　何？　つくった……？」

　さらりと言われて、理解が全く追いつかない。

「色々勉強していくうちに、需要はあるのに、依存症専門の施設は案外少ないのかもって気付いて。静かな場所は療養にも向いてるしね。ホテルの仕事は楽しいけど、帰国したら新しいこともはじめたいと思ってたから、ちょうどよかったんだ」

言葉を失った円香を置いて、雪斗はなんてことないように続ける。

「お父さんのそばにいたかったら、俺は施設の事業経営をメインにして、こっちに引っ越せばいいし。逆に、お父さんが施設に入って円香ちゃんが安心できたら、東京に来てくれても、どっちでもいいから」

「……………」

適当な建物を指さして、適当なことを言ってるんじゃないかな――としげしげと雪斗の顔を観察したけれど、彼の目に嘘は見えない。

むしろ、『どう？　素敵な案でしょ！』とばかりに、爛々と輝いている。

「もうすぐ稼働しはじめるんだけど、病院と提携してるから、何かあった時、円香ちゃんがすぐに駆け付けられなくても大丈夫だよ。それに一人一室で普通のマンションと変わらないから、お父さんも抵抗は少ないと思う。あ、もちろん、今すぐどうこうじゃなくって、選択肢の一つとしてね」

一度だけ、父にこの手の施設のパンフレットを見せて、それとなく促したことがある。

けれど、

『こんな施設……いかにも俺が病気みたいじゃないか!』

と言って嫌がった。

他県の古い施設で、もちろんグループ部屋だったから、病気の自覚がない父が抵抗を覚えるのは仕方がないと諦めた。

病気を認めた今なら反応も違うかもしれないが、当時は、『もし高級な施設を利用できるほどのお金があったら、お父さんも抵抗がなかったのかな』と歯がゆく思ったことを覚えている。

「あの……嬉しい……っていうか、びっくりだけど。そんな、立派な施設に預けるお金ないから……」

「そんなこと心配しないで。これは全部、俺の我儘だから。お父さんのことを理由にして、拒まれたくないだけ。だから……辛い時こそ、俺を頼ってよ。俺は、円香ちゃんと一緒に生きたい。一緒に悩んで、一緒に考えたい。俺が辛い時、円香ちゃんが寄り添ってくれたみたいに」

何度目の告白だろう。

ずっと怖かったのは、ひたむきな愛情に飲み込まれてしまいそうだったからだ。

でも今や、拒まなければならない理由は、どこにもなくなってしまった。

「……本当は……」

何から言おう、と考えた。

もうそんなことを悩む必要もないのだと気付いて、でもなかなか言葉が出てこない。

「私も、全部伝えてみようって、思ってたの。連絡しなくなっちゃった理由も……お父さんのことも。でも……あんなことになって……」

たどたどしい切り出し方に、雪斗が首を傾ける。

緊張で震える声に、気付いたのかもしれない。

彼は静かに寄り添って、円香が言葉を探すのを待ってくれた。

「私ね、引っ越した後……本当は学校に馴染めなくて、友達もできなかったんだ。家ではいつもお父さんが酔ってるし、どこにも、逃げ場がなくて。……そのうち、元気になっていくユキくんに嫉妬するようになったの。でも、そんな自分も嫌で、だから……」

最後まで言う前に、雪斗は抱きしめてくれた。

再会して一緒に過ごした時間は、ほんのわずかだ。

でも彼を感じるだけで、熱い震えが込み上げて、鼓動が加速しはじめる。

「俺さ……昔、ここに来たんだ」

「え？　来たって……？」

顔を確かめようとしたのに、雪斗は抱きしめたまま離してくれない。

「中学生の頃、貯めてたお小遣いで、親父に黙って、一人でね」

「っ、嘘でしょ？　駅から家まで、歩いて一時間以上かかるよ」

「馬鹿だよね。円香ちゃんが苦しんでるなんて知らずに、喜んでくれると思い込んで……告白までするつもりだったんだから。でも家の前で……円香ちゃんは、年上の男の人と、抱き合ってた」

雪斗の両腕が背中から肩へ滑って、頬を撫でられる。

一体誰のこと？　家を間違えたんじゃ、と思って思い出す。

「もしかして……それ、春休み？　お兄ちゃんが家を出て行った日じゃ……」

「うん、多分ね。でもその時はショックで……年上の男に負けない、頼れる男になって告白しようって決意したんだ。それから留学とか仕事とか、目標が一気に決まって」

雪斗は照れ笑いを浮かべると、ぎゅっと円香の両手を握った。

「辛い思いしてたのに……俺、自分のことしか考えてなかった。あの時は気付いてあげられなくて、ごめん」

見上げると、星が流れるように、雪斗の目がきらりと光る。

後悔があって、それでも恐れずに追いかけて、好意を伝えてくれた勇気と覚悟に、感謝と感動しかない。

ただ好意を伝え返すだけでは、足りない気がした。

首に飛びつく形になったのは、仕方ない。

背が高くて、その上、引っ張ってもびくともしないのが悪いのだ。

でも勢いあまって、唇越しに前歯がぶつかったのは完全に誤算だった。

「いっ……たぁ……！」

「っ……円香ちゃん？」

じんと痺れた唇に手をあてる。

激しい心臓の音に、雪斗の掠れた声が重なった。

「な、何？　お、怒ってる……!?」

頭突きでもされたと勘違いしたのか、雪斗は慌てて弁明を続けた。

「ご、ごめんね？　俺もあの頃は、外に出られるようになって新鮮なことがいっぱいで、自分の話ばっかり送っちゃって。もっと円香ちゃんの話聞こうとしなかったこと、ずっと後悔してて」

「っ……、違うよ。き、キス、しようとしたの……！」

「え……キス？」

雪斗は、目を点にした。

男性経験があると、今の今まで信じていたのだろう。

「私……本当は、全然、経験なくて……。……嘘吐いて、ごめん。下手でごめんね。唇、切れてない……？」

唇に指を伸ばす。

でも触れる前に手を握られ、引き寄せられて——唇が触れあった。

すぐに分厚い舌が滑り込んできて、受け入れることで気持ちを伝える。

お互い、キスをした回数はぴったり同じはずなのに、雪斗は器用で狡い。

慣れた様子の唇と舌に心が蕩けて、雪斗への愛が溢れて止まらなくなる。

「ん、……っ……」

肌寒かったはずだ。

なのに唇が離れた時には、息が上がって、全身に汗が滲んでいた。

「どうしよう……今すぐ抱きたい」

雪斗は、くらくらしてふらつく円香の身体を抱きしめて、震える声で囁いた。


「ん、っ……」

順に入浴を済ませるなり、雪斗はキッチンに立っていた円香を、円香の自室に引きずり込んで唇を重ねてきた。

性急さに驚かなかったのは、家に着いて玄関に入った途端、

『ごめん、嬉しすぎて我慢できない。ごめん……』

と抱きしめられ、首筋に無数のキスをされて、そのまま玄関に押し倒されかけたからだ。

なんとか『お風呂だけは入ろう？』と頼んで思いとどまってもらったものの、すぐに自室を案内してしまったのは良くなかったかもしれない。

先に入浴を済ませて雪斗にも風呂を勧めた後、移動で疲れただろうし軽食くらいは、と思って料理をしていたのに、超高速で出てきた彼に連れ込まれてしまった。

今頃キッチンでは、茹でたうどんが冷めて、伸びはじめているだろう。

「部屋も、ベッドも……全部円香ちゃんの匂いがして……抑えが、利かない、かも……」

「あ……」

着たばかりのパジャマが脱がされていく。

押し倒されて雪斗が上に跨ると、安物の小さなベッドがギシギシと不安な音を立てた。

――引っ越してすぐ、子供時代に買ってもらったベッドだし。

――二人で乗って、大丈夫かな……。

古いのは、ベッドだけではない。

この家は曾祖父が建てて、祖父母が増改築をしたものだ。

親の離婚前は、家族全員で時々この家に遊びに来るのが楽しみだった。

でも今は、学生時代に友達ができなくて泣いていたことや、祖父母が酔った父と言いあいをしていたこと、父の介抱を繰り返したことなど、辛い思い出しかない。

毎晩、鬱々とした気持ちで見上げていた天井を背景に、雪斗が見下ろしてくる。

気が弱くなった時は、いつも雪斗を思い出して自分を鼓舞していたけれど、もちろんそれは、幼い姿の彼だった。

——この家に……自分の部屋にユキくんがいるなんて……変な、感じ……。

——なんだか、いけないこと、してるみたいな……。

現実味に欠けた光景をぼーっと眺めていると、ブラジャーとショーツに雪斗の手がかかって、違和感が更に膨らんだ。

「っ……やっぱり、待って、ベッド狭いし、隣の部屋に、お布団、敷くから」

「なんで？　俺、円香ちゃんの部屋がいい」

隣は和室で、二組布団を並べられる。そう説明しても雪斗の意思は固く、あっという間に全裸にされてしまった。

ホテルの間接照明のように、気の利いたものはない。それでも雪斗が見えるのは、窓から差し込む、青白い満月の光のおかげだ。

暗い部屋に浮かび上がる古い天井と雪斗の美貌は、やっぱりどうにもミスマッチだった。

「ここで大変な思いをしてきたなら……ここで幸せにしてあげたい。昔、毎日俺の部屋に救いに来てくれたみたいに」

「っ……」

腹部を撫でられると、ぞくぞくっと全身の血が震えて下腹部が潤い、違和感が欲望に塗り潰されていく。

「なんでこんな、格好良くなっちゃったのかな……」

確かめるように輪郭に触れると、雪斗が嬉しそうに微笑んだ。

「やっと……夢が叶った。元気になろうと頑張ったのも、仕事のキャリアも、円香ちゃんを迎えに行くための手段でしか、なかったから」

「……ん、……」

雪斗の心を体現したような、優しいキスに目を閉じる。

心も身体も、もう全てを許してもいいのだと受け入れると、唇と舌が触れるだけでも、痺れて蕩けて、たまらなく気持ちいい。

しんとした部屋に響く濡れた音に羞恥心を煽られ、膝をぎゅっと寄せて気がついた。

——あ……もう、濡れちゃってる……。

自分のそんな反応すら、恥じらいより喜びが勝って、更にとろりと溢れてしまう。

「ぁ……」

唇が離れると、名残惜しさに舌を伸ばして、恥ずかしさに涙が浮かんだ。

「キス、好き？　顔がとろんとしてて、可愛い……」

「私だって、ユキくんとしか、したことないのに。ユキくんだけ上手で、なんか、ずるい……」

「えへへ……褒められちゃった。これからはいっぱいできるし、もっともっと気持ちよくしてあげられるように、頑張って上手になるね？」

雪斗は無邪気に言いながら、今度は両手で胸を撫でて、ひたすら乳首ばかりを弄んできた。

「あっ……ん……！」

「可愛い……すぐに硬くなっちゃうんだ」

嬉しそうに呟き、引っ掻いたり弾いたり、膨らみの奥へ押し込んでくる。

じーっと表情を観察されていると落ち着かなくて、顔を背けて片手で遮った。

「っ……そんな……見ない、で……っんぁ、っ……！」

「こーら、顔、隠さないで？　どうやって触ったら一番感じてくれるか知りたいから」

「あんっ……！　ぁあぁあ……！」

両胸の先を摘まんで揉まれると、胸の先から全身に痺れが走って、全ての熱がお腹の下へ溜まっていく。

「ああ、まだ硬くなる……。円香ちゃんは、ちょっと強くするくらいが好き？　もっと気持ちよくしてあげたら、顔、見せてくれる？」

「ひぁ、あ、あー……！」

普段自分で触っても、なんともない場所だ。なのに雪斗に触られるだけで、どうしてこんな感覚が込み上げるのかわからない。

「このまま続けたら、胸だけでイっちゃいそう。それも、見てみたいけど……」

「あっ……！　ぁ……んん……」

雪斗の両手が胸から脇腹へ、脇腹から腰の方へと滑り落ちていく。

ただ撫でられているだけなのに血が震え、甘ったるい声が漏れた。まるで手の平で魔法をかけて、身体ごと作り替えられているみたいだ。

——前にホテルで触られた時は、ここまでじゃなかった、のに……。

——隠し事がないだけで、こんなに……。

動揺していると、太腿を撫でた手で、そのまま両脚を開かれた。

「ひくひくして、円香ちゃんの好きなとこも、おっきくなってる……」

「っ……！　まって、まっ……ぁあ……！」

制止を求めようとした手を握られて、陰部にしゃぶりつかれた。

鼻息荒く、縦横無尽に舌を這わせる様は、お預けを解かれた犬のようだ。

雪斗は後ろの孔まで舐め尽くした後、硬く張り詰めた花芯に執着し、飴でも味わうように舌で転がされて、皮が捲れた。

「あっ、あっ……ああっ……！」

鋭い快感に頭を振るたび髪が乱れる。

目元にかかって邪魔なのに、雪斗はきつく指を絡めたまま離してくれない。できることといえば、仰け反ったり、腰を浮かせたり、両膝を開いたり閉じたりするくらいだ。

「あう、ぁあ、まっ……れ……そこ、あ、あ……ぁあぁあ……！」

舌で扱かれ続けると、目の前にちかちかと光が飛んだ。

爪先が雪斗を蹴って、二度、三度と腰が浮き、達していると伝わっていないわけがない。

なのに雪斗は、やっと手を解いてくれたかと思うと、今度はひくつく隘路にするりと指
を侵入させてきた。

「んぁ、っ！　ぁあー……！」

刺激を求めて蠢いていたそこは、太くて節立った指を締め付けて、喜びを伝えてしまう。

びくびくと背中が捩れ、胸が揺れ、滲んだ汗が滑り落ちる。

指の腹で充血した内壁をこりこりと刺激しながらもう一本指を差し込まれると、半開き
になった口から唾液が溢れた。

「いあ、っ……ゆきく……、ゆき、っ……ぁ、あ……！」

どんなに暴れても舌先で陰核を捏ねられて、全身にびりびりと痺れが走る。

刺激を受け取っているのは肉体なのに、心まで満たされていくのはどうしてだろう。

「ちゃんと、俺のこと、覚えてくれてるのかな？　すぐに中に誘ってくる」

「っ……ね、もう、いいから……ユキくん……ユキくんも、一緒に……」

何度も雪斗に悲しい思いをさせてしまった分も、めいっぱい想いを伝えたくてそう言うと、ぴたりと指の動きが止まった。

顔を上げた雪斗の呼吸が荒い。

「……でも、……一ヶ月、ぶりだし。俺が、はじめてだったんだよね？　ちゃんと、広げなきゃ……」

声は低いのに、子供みたいに舌足らずな印象なのは、ずっと舌を酷使していたせいだろうか。

「大丈夫だから。はやく……一緒に、気持ちよくなりたいよ」

雪斗はしばし逡巡した後、指を引き抜き、慌ただしく服を脱ぎはじめた。

年に数回、兄が泊まりに来る時のために用意してあったパジャマは、雪斗の立派な体軀には少し窮屈そうだ。

下着から勢いよく飛び出した性器はみっちりと充血して脈打ち、滲んだ先走りが、とろりと幹を流れていった。

雪斗はどこからか避妊具らしき箱を取り出して開封し、慣れた手付きで装着していく。

「え……なんで、それ……いつ、どこから、……」

見下ろしてくる雪斗の目が、青白い月明かりを受けて鋭く光った。

いつも純粋にきらきら輝いていた淡い瞳に、獣染みた欲望が揺らめいていることに気付いて、こくりと喉が鳴った。

「俺、頑張って口説き落とすって言ったよね？　やっぱり円香ちゃん、まだ何もわかってないんだ……。愛情表現を我慢するの、バカバカしくなってきた」

「我慢……？　ひゃっ⁉」

こんなに性急にしておいて？　と突っ込む間もなかった。

両脚をがしっと掴まれて引き寄せられ、雪斗の身体を挟む形に開かされる。

「そう。ずーっと我慢してたよ？　だって我慢しなかったら、こうやって……」

愛液でぬかるんだ膣口に、硬い感触が触れた。すぐにめり込んできて、反射的に身構える。

「あ、ぁ、あ……‼」

「っ……」

身体は強張っているのにスムーズに入ってくるのは、雪斗の愛撫で、たっぷり濡れているおかげだろう。

指とは比べものにならない大きさと硬さは少し苦しいのに、結ばれた喜びの方が大きくて、この先への予感だけで感じてしまう。

「こうやって……俺のものにしたくて、たまらなかった……。縛って、閉じ込めて、無理矢理にでも、孕ませて……」

「んっ……ん……」

雪斗が、甘えるように唇を啄んで、ベッドの上で両手の指を搦め捕ってくる。

「二十年間、毎晩、円香ちゃんを思わない日はなかったよ……」

「ぁ、っ、あっ……！　んん……っ……！」

耳元で囁かれ、キスをされた。

舌を絡めながら、ゆっくりとお腹の奥まで満たされていく。

彼の呼吸を聞いて、体温を感じて——いつの間にか、熱い涙が溢れて止まらない。

子宮口を圧迫され、膣がぎゅううっとひときわ強く絡みつくと、雪斗が唇を離して低く喘いだ。

「っ……！」

「あ、っ……あっ……なん、え……、こんな……しあわ、せ……しらな……」

「俺も……俺も、こんな幸せ、はじめて……」

両腕で雪斗を抱き寄せて目を閉じる。

雪斗が腰を突き出し、円を描くように揺らしてくると、バチバチと頭の中で火花が散って、意識が飛びかけた。

「あ、あ！　ぁあー……!!」

「っあは、可愛いー……脚がぴんってしてる。これじゃあ、俺が少し動くだけでイっちゃうね……？　こうやって……奥、ぐりぐりってするのは？　好き？」

「あっ！　あぁあ……！」

雪斗は、ゆっくり腰を前後させはじめた。

腰が離れていくと、吸い付いた膣壁が捲れている気がして少し怖い。

でも大きなストロークで最奥を突き上げられると、不安は一気に消し飛んだ。

根元まで埋めてくるたび嬌声が迸り、ますます感度が上がっていく。

「あっ、あっ！　ぁあぁっ……！」

「っ……熱くて、とろとろなのに、きゅうって吸い付いてきて……腰が、溶けそう……、っ……」

雁首で愛液が掻き出され、じゅぷじゅぷと音を立て、臀部を伝って流れ落ちる。

雪斗がふっ、ふっと息を吐いて腰を前後させるたび、逞しい腹筋が引き締まるのが見えた。目を細めて睫毛を震わせ、感じている姿が愛しくてたまらない。

「っあ、っ……あ……ユキくん……きもち、い……いい……」

快感で手が震え、しがみ付くことすら難しくなると、雪斗が太い腕の中に閉じ込めてくれた。

「っ……俺も、ダメだ……一回……いっかい、だけ……、ごめん、っ……ごめんね……」

昔の細い身体と、今のがっしりとした体格は似ても似つかないのに、苦しげな顔で懸命に腰を振る姿は、幼い頃、寂しげに服を摘まんできた彼と重なった。

なんでも知っている素振りでリードしてくれた初めての時より、今の、必死に求めてくれる姿の方が何倍も愛おしくて、身体が深く反応し、理性が消えていく。

「あっ……あっ、あぅ、っ……ぁあー……！」

雪斗がぎこちなく腰を上下させるたび、ぱちゅ、ぱちゅ、と音を立てて、濡れた肌がぶつかりあった。

あっという間に絶頂まで追い立てられて、爪先がきゅうっと丸まり、膣が締まる。と同時に、雪斗がぶるりと全身を震わせて息を詰めた。

「っ……、うっ……」

動きが止まって、お腹の中でドクドクと脈打つ。

雪斗は大きく息を吐くと、快感でぽうっとしている円香を抱きしめて、腰をぐりぐりと押し付け、全身を擦りつけてきた。

「あっ……！　んんっ……！　っ……、ユキ、くん……？」

「円香ちゃん……円香ちゃん……すき、っ……好き……だいすき……」

初めての時よりも短い、あっという間のセックスだ。

でも愛情表現に、時間は関係ないのかもしれない。

何度も何度もキスをして甘えてくる雪斗の背中を撫で、汗ばんだ身体を密着させると、尽きることなく愛しさが込み上げてくる。

「私も、大好き……。ユキくんが追いかけて、閉じ込めてくれなかったら……こんな幸せ、知らない、ままだった……」

身体を起こした雪斗が、嬉しそうにふにゃりと笑う。

「えへへ……まだまだ、これからだよ？　もっと幸せにしてあげるからね……」

「え……？　んぁっ……！」

雪斗は腰を引き、素早くゴムを付け替えると、円香の両脚を持ち上げて、片腕でまとめて抱いた。

ぴったり脚を閉じているから見えないけれど、余韻でひくついている陰部に、硬い何かが触れて——先ほどと全く劣らない太さが、ぬるぬると滑り込んでくる。

「あっ……うそ、あ、ぁあぁ……!?」

もう終わったものだと思い、完全に満足して気を抜いていた円香は、再び快楽を引きずり出されてびくびくとのたうち、混乱した。

「ふふ、もう中が俺の形になってる。すぐに気持ちよくなれるね……」

雪斗は嬉しそうに言いながら、奥まで届く角度を探ると、すぐさま腰を振り立てはじめる。

「あっ、あっ……な、っ、なんっ、なん、れ……あぁあっ⁉」

濡れた肌がぶつかり、パンッパンッと大きな打擲音が響き渡って、愛液が飛び散った。

身体がシーツの上を滑りそうなほど強く叩きつけられているのに、両脚を抱えられているせいで立て続けに一番奥まで抉られて、嬌声が止まらない。

「ふぁっ、ああっ、あっ……だめ、っ……やだっ、こんな……はや、いの、っ……だめぇ、っ……‼」

「っん……速い？　まだゆっくりだよ？」

雪斗は余裕たっぷりに微笑むと、逞しさを見せつけんばかりに素早く腰を繰り出してきた。

「あっ、あっ、あんっ！　あぁあぁぁ……！」

律動にあわせて視界がぶれ、激しく胸が揺れる。

犯されることを喜んで、際限なく感度が上がっていく身体が怖い。

快感を逃したくても、ぴったりと揃えたまま固定された両脚は全く動かせない。代わりに上半身を捩ると、また雪斗が笑う。

「逃げようとしても無駄だよ？　もう、お義父《とう》さんにも認めてもらったんだもん。手加減

せずに、二十年間溜めてきた愛情を伝えるからね」

「あ、あっ!?　っあああ……！　っ……！」

ますます硬さを増していく性器に容赦なく媚肉を扱かれて、声もなく絶頂した。

がくがくと異常なくらい震えているのに、雪斗は無慈悲に腰を繰り出し続けて、うっとりと囁きかけてくる。

「ああ……奥を突くたび、すっごく気持ちよさそう……、そうだ、こうしたらもっと奥に届くかな?」

「ぁ……あ……ぇぅ、っ……?　あ、ああっ!?」

遠慮を捨てた雪斗は探究心を剥き出しにして、両脚を胸の方へ押し付けてきた。

今度は真上から貫かれて、また違う角度で最奥を圧迫され、頭の中が真っ白に塗り潰されていく。

「あうっ！　あっ！　あぁあぁぁー……っ……！」

「あは、いっぱいイっちゃうね……両想いでエッチするの、気持ちいいね……幸せだね」

爪先が攣りそうなほど突っ張って意識が飛びかけているのに、雪斗はお構いなしに腰を振り立ててくる。

より奥を刺激しようとしているのか、勢いよく腰を落としてくるものだから、ベッドが今にも壊れそうなほどギシギシと音を立て、大きく揺れた。

「っ……はぁ、イってる時の円香ちゃんの顔、可愛すぎて無理……俺も……もう一回、イく……」

「あ……あうっ、あ、ぁあぁ……っ……！　っ……、……」

悲鳴が掠れて、途切れる。

直後、雪斗も呻いて律動を緩めると、荒い息を吐きながら膣の痙攣を味わい、幹に残る精液を絞り出すように、ゆっくりと出し入れした。

「はーっ、はーっ……」

雪斗が、汗を滴らせながら身体を離す。

こぽ、と溢れたのは愛液だろう。

でも、まるで中に出されて、種付けされた錯覚に陥っていた。

「ああもう、これ、すごく邪魔。早く籍入れたい……」

放り出された円香は、下品に脚を広げたままビクビクと震えることしかできずにいるのに、雪斗はまたもや新しい避妊具の封を切って付け替えている。

前回は雪斗が達したのを見届けてすぐに気を失ってしまったから気付かなかったけれど、底なしの精力を目の当たりにしてやっと、雪斗が『我慢をやめる』と言った意味がわかって青ざめた。

「あ……や……もう、むり……、めくれて、もどらなく、なっちゃ……あっ……!?」

ふるふると首を横に振ったのに、雪斗は狭いベッドの上で器用に円香をうつ伏せに転がし、今度は背後から迫ってきた。

「気持ちいいのに、なんで嫌がるの？　もっとわからせなきゃだめかな……。今度は後ろから閉じ込めて動けないようにして、ずーっと突いてあげるね」

「あ……あっ!?　んぁあ、ぁあぁー……」

背中にずっしりと伸しかかられたかと思うと、また違う角度でずぶずぶと肉棒を突き立てられた。

ずっしりと体重をかけて子宮口を圧迫され、危ない薬でも飲んだかのように頭の中がふわふわしてくる。

もう三度目なのに、さっきよりも大きく、硬くなっている気がするのは、一体どういうことだろう。

「あっ……ら、っ……め……だめ、……っ……」

「ダメじゃないよ。円香ちゃんとする時のために、いっぱい調べたし……女の子は、何度だってイけるって知ってるんだから。マッサージしてあげた時だってそうだったでしょ？」

えっへん、褒めて！　とばかりにそう言いながら、ぬるぬると出し入れされると、思考がどろどろに崩れていった。

雪斗が求めてくれるなら、応えたいと思う。

でもそれにしたって、男性に満足してもらうのは、こんなに大変なものなのだろうか。

全身で四肢を押さえ込まれて、奥まで収めたまま小刻みに刺激を与えられると、胸の先がシーツに強く押さえつけられ、ぐりぐりと擦れた。

「っぁあんっ、ぁあぁ……っ」

「ああ、これ……円香ちゃんがびくびくしてるのが、全身で感じられて、嬉しい……」

どんなにびくついても、全て雪斗の体重に押さえ込まれてしまう。

滲む涙と溢れる唾液は、快感か幸福か、はたまた身体が限界を訴えているサインなのかすらわからない。

このままでは動物のような本能に支配されて、ただただ快楽を貪るだけの肉体に堕ちてしまいそうだ。

「あ、あ、っ……奥、やっ……つぶれちゃ……こわれ、る……こわれちゃう、っ……」

「ん、じゃあお腹の奥、優しくぐりぐりする?」

「あぁあっ、ぁあー……！」

亀頭を子宮口に押し当てたまま腰を臀部に擦りつけられると、泡立った愛液がぐじゅぐじゅと押し出された。

更には尿意に似た感覚に襲われて、身動ぎすら許されない状況が怖くなってくる。

「っ……あぅ、あっ、あっ……なんか、っ……だめ、なの……でちゃ……あー……あー

「あ……女の子って、漏らすような感覚になるんだっけ？　大丈夫だからね。お漏らししちゃう可愛い円香ちゃんも、ずっと見てみたかったから」

頭の中がずっとちかちか、ふわふわして、無限に絶頂が続いて、もう、雪斗が何を言っているのかわからなかった。

——胸も、お腹の奥も……ずっと……きもちい……。

——全身、全部、ユキくんで擦れて……すごい……しあわ、せ……。

理性は完全に駆逐されて、赤ん坊のようにとろとろと唾液を溢しながら、ぽーっと恍惚に浸る。

どのくらいそれが続いたかわからない。

意識を手放しかけると、雪斗が耳元で「あ……俺も、またイく……」と喘ぎ、しばらく腰をぐっと押しつけてから、ぬるぬると性器を引き抜いた。

「んぁ、っ……、あ……？」

隣に横たわったらしい雪斗に背後から抱き寄せられて、身体が横向きになる。

またがさごそと音がして、太腿の間に違和感を覚えて覗き込むと、脚の間から、避妊具をまとった亀頭が顔を覗かせていた。

「まだまだ眠っちゃだめだよ。もっと俺を感じて……気持ちよくなってね」

「……っ……！」

「……？　……？？？」

――まさか……まだ……するの……？

――……？　え……？　これ、いつ、おわるの……？

――ユキくん、どのくらいしたら、お腹いっぱいになってくれるの……？

「あの、ユキくん、きょうは……」

「うん？　なあに？」

太い両腕に拘束され、髪にキスをされ、頭皮の匂いを嗅がれる。

全力でもがいているつもりなのに、どうして自分の両手はだらんと重力に従っているのだろう。

「いま……わたし……きもちよくて、うとうとって、してたの……」

「安心して。まだまだ硬いから。円香ちゃんが安心するまで愛情を伝えられなかったのは、俺の力不足だし……これからは、もっと伝える努力、するからね」

会話になっていない。

見当違いの努力を誓われると同時に、硬さを教えるように、充血した小陰唇の間を陰茎が前後する。

底なしの精力は恐怖でしかないのに、だらしなく開いたまま戻らなくなっていた膣口が再びひくつきはじめて――またもや、ずぶずぶと貫かれていた。

「ぁ……ぁあぁ……！」

円香の身体は、もう大して反応しなかった。

ぐったりと横たわったまま、でも膣だけはひく、ひくっと蠢いて雪斗に媚びている。

「っはぁ……、すごい……ほんとに、子宮って下りてくるんだ……根元まで、入らなくなってる。俺の子供欲しがってくれて、嬉しいな……」

「あぅっ……」

お腹を抱えられ、更に奥深くまで捻じ込まれて、押し出されるように涙が溢れた。

爪先がひくついて、でももう、ぴんと引き攣る余力もない。

こんな強引にしつつも体力の限界は察してくれたのか、雪斗は奥に収めたまま、ゆっくりと小刻みに動いてくれた。

「えぅっ、ぁ、っ……あ……あ……、いぃ……おく、っ……きもち、ぃ……」

「ん……気持ちいいね……。ゆっくりするのも、好き？」

緩やかな刺激ならなんとか受け入れられそうだったのに、雪斗は気を利かせたつもりか、

「もっと気持ちよくしてあげるね」と言って、胸の先を摘まみ上げてきた。

「ああ、ぁっ……!?　いっしょに、しちゃ、っ……あぁああ……」

「っ……あは、きゅって締まった。じゃあ、こっちも……」

今度は勃起したままの陰核を捏ねられて、爪先になけなしの緊張が走り、あっけなく達

してしまう。

「あ、あ、あ……！」

「すごい硬くなって、腫れちゃってる……。ずっと撫でてほしかったんだね、気付いてあげられなくてごめんね」

雪斗は腰をじっくり前後させ、下腹部の突起を指で摩擦してくる。

達し続けていると、そのうち微かに痙攣する力も尽きて、最後は喘ぎ声すら出なくなった。

「何があっても、もう絶対、離さないから……」

雪斗の睦言が、遠退いていく。

閉じた瞼の裏に、夕陽で赤く染まった雪斗の子供部屋が現れた。

家に帰りたくない、ずっと一緒にいたいと願った日々を思い出す。

寂しかった思い出が、今は懐かしく、愛しかった。

もう、世界のどこにも、逃げ出したい場所はない。

辛い思い出しかないこの家すら、雪斗が包み込んでくれたら、円香の帰る場所になる。

「円香ちゃん……おかえり」

優しい囁きに心を擽られ、円香は初めてこの部屋で、微笑みながら眠りについた。

エピローグ

雪斗は休みのたび、円香の父の入院する病院と、円香の家を訪れた。

そして、何度かデートを重ねて迎えた年末に、

「今すぐ一緒に暮らしたいとは言わないから」

と言って、婚姻届を取り出した。

もちろん円香は、迷わず署名した。

入籍と同じくらい嬉しかったのは、父の断酒に取り組む決意は、今度こそ本物だったということだ。

結婚を報告すると、父は自分のことのように喜び、退院後、自ら施設への入所を希望したのだ。

折を見て勧めるつもりだった雪斗の設立したグループホームの話をすると、父は驚き、

恐縮し、いつまでも雪斗に頭を下げ続けた。

にわかに結婚生活が現実味を帯びてきたものの、それでも雪斗は急かさず、全てを円香のペースにあわせてくれた。

「結婚式とか住む場所は、お父さんが入所してからゆっくり考えよう。もし円香ちゃんがこっちに来るなら、クリスタルメドウに住んでもいいし、ホテル暮らしが落ち着かなかったら、引っ越してもいいし」

円香は考えた末、東京への引っ越しを決めた。

なぜなら雪斗の経営するグループホームの運営はビジネスパートナーに任せているようだったし、雪斗のキャリアを発揮できる仕事は東京にしかないだろう。一方、幼稚園教諭の仕事なら、どこにでも需要がある。

でも年が明けて、施設に入所する父を見送り、職場には卒園時期に退職したい旨を伝えた矢先——妊娠が発覚した。

雪斗は、

「やっぱり運命なんだよ！　だってゴムのつけ方は何度も練習したし、すっごく気をつけてたんだから！」

なんて目を輝かせてはしゃいでいたが、ほぼ毎週のように円香の家に通って、どろどろになって意識を失うまで愛してくれたことを思えば、当然という気もする。

はじめこそ予定外のことに動揺したものの、後にして思うと、最善のタイミングだったかもしれない。

東京での職探しは先延ばしにして、ひとまず出産を終えるまではクリスタルメドウで過ごすことに決めた。

そして、頼れる実家のない円香にとって、妊娠中、いつでもホテルのサービスを受けられることは力強い支えとなった。

支配人の妻とはいえ、父が問題を起こしたことから肩身の狭い思いをするだろうと覚悟していたけれど、雪斗の人徳か、どのスタッフも円香を温かく受け入れて親身に接してくれたのだ。

特に副支配人の杉本は、常に円香の体調を気遣い、出産前後の経験談を聞かせてくれて、プライベートでも特別に親しい間柄となった。

——母親がいたら、こんなふうに相談に乗ってくれたのかな。

なんて想像をしてしまうのは、杉本と実母の歳が近いことと、気さくな人柄のおかげだろう。

妊娠中、雪斗はお腹の我が子を撫でながら、

「俺に似て病弱だったらどうしよう」

なんて心配していたけれど、年の瀬には元気な女の子に恵まれた。

二人で何度も話しあい、子育てに向いた閑静な住宅地への引っ越しを決めて、それから——。

「もー……やっと解放された……！　良平ってば、酔っ払って延々と奥さんと子供の惚気話してきてさ。子育ては二歳からが大変だぞ～、とか脅されて……！」

同窓会での再会から二年が経ち、三度目の秋のこと。

結婚式と披露宴が終わり、二次会用の衣装に身を包んだ雪斗は、疲弊した顔で円香の隣に戻ってきた。

新郎新婦のテーブルまで挨拶に来てくれていた義弟の琥太郎《こたろう》が、にやにやと笑いながら雪斗を見る。

「それ、雪斗くんも惚気返して、周りが呆れてたんじゃない？」

「そんなわけないだろ。今日はホストだし、接客モードで完璧だよ？」

「どうかなぁ～。円香さんと再会する前からずーっと惚気てて、『二十年も会ってないんだろ？　ストーカー？　相手の女の子大丈夫？』って、兄貴たちと心配してたくらいだし……」

「うっ……。そういうこと、いっつもイチャついてる琥太郎には言われたくないんだけど……！」

円香は、義弟の隣に立つ彼の嫁、柚葉《ゆずは》とこっそり苦笑を交わした。

義兄弟たちとは日頃から親しくしているが、義弟夫婦とは入籍した時期が比較的近く、彼女も母子家庭の一人親育ちということもあって、特に仲がいいのだ。

「引っ越しが落ち着いたら、お子さんと一緒に遊びに来てください」

そう言って二人が立ち去ると、雪斗は琥太郎の背中を見送りながら溜息を吐いた。

「あいつ弟なのに、昔俺に対して看病の真似事してたからか、変に兄貴風吹かせてくるんだよなぁ。母親を知らなくて可哀想だからって兄貴たちが甘やかしすぎたせいで、やたら自信家だし」

「まあまあ……。ほら、ユキくんも座って。披露宴からずっとホスト役全力でやってくれて、全然食べてないでしょ？」

笑顔で着席を促しつつ、内心、

——実際、二十年も私のことを想ってくれてたって相当だし。琥太郎さんの突っ込みは真っ当だよね……。

なんて思う。

シャンパングラスを傾けて苦笑を誤魔化し、会場を見渡した。

雪斗と再会した同窓会の会場と同じ、クリスタルメドウの広間。

窓の外は、抜けるような青空が広がっている。

一昨年初めてここを訪れた時は、煌びやかな空間に圧倒されて疎外感さえ覚えたけれど、二年近くこのホテルで暮らした今は、親しみ深い場所だ。

もちろん、挙式と披露宴もこのホテルで執り行った。

二次会に残っている参加者は、互いの親族や旧友たち、そしてホテルスタッフ代表で、二次会の幹事の一人でもある杉本だ。更には、小仏城山《こぼとけしろやま》の山頂で茶屋を営んでいた男性も駆け付けてくれた。

招待客が楽しんでくれている様子に安堵しつつ、ほんの少しの気がかりを思い出す。

今日はアルコールが振る舞われているとあって、どうしても――。

「……お義父さん、大丈夫そう？　俺、それとなく話しかけて、様子見てこようか。ずっと子供も面倒見てもらっちゃってるし」

雪斗も、同じことを心配に思っていたらしい。

耳打ちを受けて、円香は会場の隅に視線を送った。

「大丈夫……だと思う。ずっとお兄ちゃんがそばで見てくれてるみたい。それに、今は杉本さんもついていてくれてるから、ばっちり」

奥のテーブルには、膝に乗せた孫娘を挟んで、兄や杉本と談笑する父の姿がある。

いつもはじっとしていられずにぐずる娘も、今日は特別な空気を察してか、大人しくしているようだ。

円香の視線を追った雪斗が納得し、笑顔で頷く。

「そっか。お兄さんも仕事が忙しいって言ってたけど、本当、来てくれてよかった」

兄は家を出てからずっと、『親父を任せきりでごめんな。お金は足りてるか?』と気にかけてくれていた。

円香が惨めな思いをしないよう、稼ぎのいい仕事に就いて仕送りをしてくれただけで十分だったのに、妹を家に残したことに負い目があったのかもしれない。

結婚を報告した時は泣いて喜び、それから心に余裕が生まれたのか、最近、恋人ができたようだ。

「そういえば……披露宴前にお義父さんと少し話したんだけど、バイト先から社員にならないか打診を受けたって。聞いた?」

「うん。私もびっくりしちゃった。断酒会も仕事も続いてるし、この間受けた健康診断の結果も良かったし」

去年の秋――父は自らの意思でグループホームを退所し、家で一人暮らしをはじめた。

当初は、孤独感からまたアルコールに手を出すのではと心配だったけれど、今も断酒会に通い、堅実な生活を続けている。

病を認めた時の大きな変化にも驚いたけれど、孫が生まれてからは、別人のように明るくなった。

生来の健全な愛情深さを取り戻し、ますます断酒への決意を固くして、今は孫の存在が何よりも励みになっているようだ。

「そっか……良かったね。アルバイトをはじめてから、すごく若返ったし」

視線に気付いた父が、『飲んでないぞ』とばかりにオレンジジュースを掲げる。

遅れて振り向いた兄も笑みを浮かべ、父が抱いている娘の手を取ってこちらへ振った。

そして父と兄の横で、杉本が『安心してね』と言うように頷いてウインクする。

二人で手を振り返すと、雪斗が嬉しそうに言った。

「お義父さんの変化もすごいけど……俺たちも新しい生活、楽しみだね」

純白のテーブルクロスの下で手を握られて、ちょっとドキッとしてしまった。

というのも、ホテルで暮らしはじめた時、雪斗は、

『スタッフに見られるわけにはいかないから、部屋の外でイチャイチャするのは控えておかないと』

と自分を戒めていたのだ。

「うん。親しくなったスタッフさんと離れちゃうのは、ちょっと寂しいけど……」

クリスタルメドウでの生活は、この結婚式を区切りに終わりを告げる。

そして引っ越しにあわせて、雪斗は総支配人の座を離れ、経営サイドに回ることに決めたようだ。

『今の仕事は二十四時間気を抜けないし、これからは家族の時間を大事にしたいから』

そう言われて、

『私と子供にあわせる必要はないよ?』

と伝えたけれど、元々、現場と経営陣の橋渡し役にも興味があったらしく、今は毎日楽しそうに新しい人脈作りに励んでいる。円香としては、雪斗が生き生きとしていれば、なんだって満足だ。

「もしかして、円香ちゃんはもう少しこっちに残りたかった?」

「ううん。すっごく楽しみだよ。だって……私はユキくんさえいてくれたら、どんな場所でも幸せだから」

テーブルの下で指を絡めると、雪斗の顔がふわっと赤く染まる。

「円香ちゃん……俺を喜ばせるの、いつからそんな上手になっちゃったの?」

「ふふっ、そりゃあ、一緒に暮らしてればね? ユキくん、すっごくわかりやすいし」

雪斗がむむっと眉を寄せた時、酔って顔を赤くした良平がマイクを握り、

「皆さま、宴もたけなわではございますが――」

と言って、新郎新婦に締めの挨拶を求めてきた。

共に立ち上がって、打ち合わせ通り雪斗がマイクを受け取る。

彼は参列者への感謝を伝え、それに続けて、

「今回、幹事を引き受けてくれたのは、私と妻の再会を手助けしてくれた、旧友の松永良平君と、このクリスタルメドウの副支配人、杉本麗子《れいこ》さんのお二人です」

と、二人への拍手を求めた。

それから――。

「素晴らしい友人に囲まれて、私たちは本当に幸せです。まだまだ未熟ですが、これから温かい家庭を築いていきますので、末永いお付き合いをお願いできればと思います」

二人揃って頭を下げると、雪斗と円香に気付いた娘が、父の膝の上で立ち上がるように跳ねて手を振ってくる。

雪斗は遠くの娘に微笑みかけ、最後にもう一度ゲストへの感謝を伝えて締めくくると、会場は大きな拍手に包まれた。

「二人ともおめでとう！」

「お幸せに！」

「おめでとう！　円香、幸せになれよ……！」

孫娘を抱えた父が、兄が立ち上がる。

杉本が、父から娘を預かってハンカチを手渡すと、父は照れたように涙を拭った。

その瞬間――円香はふと、デジャビュを覚えた。

「……ユキくん、私この光景……夢に見た、かも……?」

「えっ。夢? 結婚式の予知夢ってこと?」

「細かい部分は違うけど、確か、同窓会で再会した日の夜に……」

「……! 付き合う前からなんて、すごい! やっぱり俺たち、運命なんだよ……!」

「きゃあっ!?」

良平が新郎新婦の退場を促すと、興奮した様子の雪斗に抱き上げられた。

ドレスの裾がぶわっと広がったのも、招待客全員が立ち上がって、更に大きな拍手が響き渡ったのも、夢に見た通りで。

現実でもこのまま寝室に連れ込まれ、『もう一人、子作りしよっか!』なんて言うのではないかとドキドキしてしまう。

「ちょ、ちょ、ちょっと……! スタッフさんがいる前じゃイチャつかないって……!」

雪斗は弾ける笑顔でこつんと額をあわせ、囁いた。

「夢の中の俺に負けないくらい、大好きだって伝えたいから」

キスをされた。

夢よりずっとロマンチックな、優しいキスだ。

何度瞬いても覚めない幸せに、笑みが溢れる。

昔一緒に見た、漫画のキスシーンを思い出す。
あの時、弱々しく円香の服を摘まんできた手が、今は全てを支えて、与えてくれた。

あとがき

　前作は誤解を重ねてすれ違いまくるお話だったので、今回は超ストレートに迫ってくる素直で可愛いヒーローにしよう！　可愛いヒーロー大好き！　と思っていたのです、が！

　書き終えてみたところ、担当さんから「マイルドヤンデレでは？」とご指摘をいただきまして！　わ……ワァ〜〜!?　確かにホテルに閉じ込めようとしているし、わりと優秀なヤンデレかもしれない……!?　とびっくりしました。可愛いヒーロー、とは……！

　実は、九条家の兄弟をヒーローに据えたお話は、これで三作目となります。次男の宗助《そうすけ》も五男の琥太郎も、雪斗に負けず劣らず執着強めで、ヒロインが大好きすぎてちょっとアレな感じなので、九条家にはストーカー気質の血が流れているのかもしれません。

　ちなみに設定上、どれも刊行年より少し未来のお話でして、そのため今作でも、子供時代のメッセージで写真が添付されていたりします。雪斗は張り切って毎日のように写真を送って、気持ち悪いくらい即返信してそう……！


　話は変わりまして。

　雪斗がやたらと「円香ちゃん円香ちゃん」と呼んでいる気がして、何となくオパール文庫の過去作のヒーローと比較してみたところ、ちょっと面白かったので、刊行順に〝ヒーローがヒロインの名前を呼んだ回数〟を載せてみようと思います～（今回あとがきのページ数がちょっと多かったので、お遊び的な感じです。他作品未読の方はすみません）。

『理想の婚活　スパダリ医師《ドクター》の過保護な溺愛』
　一ノ瀬《いちのせ》の「千紗《ちさ》ちゃん」呼び……133回
『ハッコイ同士。ハイスペ御曹司は初心な幼馴染となんとしても結婚したい』
　光一《こういち》の「ヒナ」呼び……248回
『チート上司（義弟）が溺愛を手加減してくれない！　年下御曹司とひとつ屋根の下』
　琥太郎の「ユズ」呼び……118回
『このたび、弊社のCEOと子作り契約いたします!?　片思い中の冷徹社長の溺愛にキャパオーバーです！』
　宗助の「詩乃《しの》さん」呼び……121回

そして、今作の雪斗は148回「円香ちゃん」と呼んでいたので、体感通り、二番目に多かったのですが、『ハッコイ同士。』の光一が突き抜けていて……！
　校正前の本文を検索しただけなので、サブキャラクターが呼んだ分もちょこっとカウントされてはいるのですが、それにしても、他作品のほぼ倍……！　今作も『ハッコイ同士。』も同じ歳の幼馴染みなので、やはり子供時代に付き合いのある関係だと、気軽に名前を呼びがちなのかもしれません。

他は全て120回前後で揃ってるのも面白いな～と。義姉弟の琥太郎&柚葉が一番少なくて、契約結婚した宗助&詩乃とあまり変わらないのは意外でした。宗助、どちらかというと寡黙なイメージだったのに！


イラストを天路《あまじ》ゆうつづ先生にご担当いただくのは、今作で三度目となります。毎回ヒーローが格好良いのはもちろんのこと、ヒロインの髪型が想像を上回る可愛さで……！どんな髪型の子にしようかな、どんなのが流行りかな、と考えるのがとても楽しい時間となっております。いつも目が覚めるような素敵なイラストを、ありがとうございます。

そして、執筆に詰まっても相談したらなんとかなる！と強い気持ちでいられるのは担当様のおかげです。今回も素敵なタイトルを付けてくださって、感謝いたします。


最後に、本作をお手に取ってくださった読者の皆さまに、厚く御礼申し上げます。ツッコミどころたっぷりの暑苦しい(?)溺愛ラブコメですが、一服の清涼剤として楽しんでいただけたら幸いです。

九条兄弟のお話が続きましたが、今度はちょっと別のヒーローで味変したいな、なんて思っております。

願わくば、また次の本でお会いできますように！

桜しんり

オパール文庫をお買いあげいただき、ありがとうございます。
この作品を読んでのご意見・ご感想をお待ちしております。

◆ファンレターの宛先◆

〒102-0072　東京都千代田区飯田橋3-3-1
プランタン出版　オパール文庫編集部気付
桜 しんり先生係／天路ゆうつづ先生係

オパール文庫Webサイト
https://opal.l-ecrin.jp/

Opal

結婚《けっこん》しよって言《い》ったよね？
幼《おさな》なじみ御曹司《おんぞうし》が私《わたし》を一生溺愛《いっしょうできあい》する気《き》です！

著　者――桜 しんり（さくら しんり）
挿　絵――天路ゆうつづ（あまじ ゆうつづ）
発　行――プランタン出版
発　売――フランス書院
〒102-0072　東京都千代田区飯田橋3-3-1
電話（営業）03-5226-5744
（編集）03-5226-5742
印　刷――誠宏印刷
製　本――若林製本工場

ISBN978-4-8296-5552-8 C0193

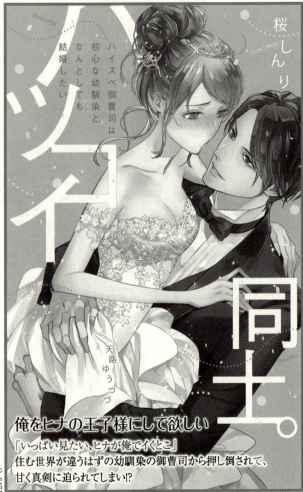